隠密奉行 柘植長門守

松平定信の懐刀

藤 水名子

時代小説

二見時代小説文庫

JN170918

目次

隠密奉行 柘植長門守——松平定信の懐刀

第一話　びいどろ奉行

※

山中には、染み渡るような静寂がある。
下界とは一線を画した独特の閑けさだ。雨上がりの湿気に混じって、時折膚に纏わりつくような風が吹きすぎた。梅雨入りが近いのかもしれない。
幾重にも頭上を蔽う枝葉の隙間から覗き見る空の色も暗い。
柘植正寔は、袂から洒落た金更紗の手巾を取り出し、そっと額に滲む汗を拭う。
耳を澄ますまでもなく、
ざさ、ざさ、
と落ち葉を踏む己の足音に混じって、微かに、鋼の爆ぜる音がした。

常人には到底聞き分けられぬ、本当に微かな音——いや、音というより、寧ろ気配だ。

(この山中の何処かで、何者かが刃を交えている)

正寔は確信した。

正寔の耳目は常人のものとは違う。一里四方なら易々と見渡せ、微かな物音も聞き逃さない、と言われている。実際にはその半分くらいだが。

(関わり合いたくはないが、そうもいかぬようだ)

戦闘が行われているのは、どうやら正寔が向かおうとしている方角だ。いまから引き返し、別の道を行くのは面倒だし、歳のせいもあって正直しんどい。複数の敵と渡り合うのとどちらがしんどいか、この時点では判別し難くもあったのだが。

(どうやら、もうすぐ決着がつきそうだ)

気配を探りながらゆっくり先へ進むうち、正寔はそれを察した。

落ち葉を踏んでも足音をたてずに歩ける術に、彼は熟練している。

気配との距離が間近に迫ると、正寔はその術を使った。相手にこちらの存在を気取られたくなかったのだ。

その者たちの姿が目に見えるようになったところで、正寔はつと足を止めた。

（やはり、忍（しの）びか）

黒っぽい旅装束の男が全部で五人——生い茂る枝葉の先、正寔の視界に飛び込んでくる。

五人のうち四人は仲間で、ともに、一人の男に斬りかかっていた。見事に統制のとれた動きである。

襲われている男は、たった一人で四人の敵——それも、かなりの手練（てだ）れを相手に、善戦したといえるだろう。

既に手傷を負っているようで足下（あしもと）がふらついていたが、なお健気（けなげ）に刀を振りまわそうとしている。

正面の敵に向かって、真一文字に刀を振り下ろそうとしたとき、だが、背後の一人が、左脾腹（ひばら）のあたりへ、

ずぬッ、

と刀を突き入れた。

「ぐぼぉッ」

刺された男は刀を振り下ろしつつ、前のめりに倒れ込んでゆく。おそらくそれが、致命傷となるだろう。

（終わったか）

思った瞬間、無意識に正寔の足が歩みはじめた。足音を消す術は用いず、いつしか小走りになっている。

四人の男が、倒れ込んだ男の背中に、容赦なく刀を突き入れようとするのが見てとれたのだ。そういういやな光景に出くわすと、勝手に体が動いてしまう。

頭の中では、

（よせ。余計なことに関わるな。だいたい、己の歳を考えよ。一人であの四人を相手にする気か？）

と制止する、もう一人の自分もいるというのに。

「おい、その男、もう死んでいるのだろう」

間合いまであと数歩と迫ったところで、正寔は男たちに向かって言った。

「…………」

唐突な正寔の出現に、四人は一様に狼狽（うろた）えた。無人の筈（はず）の山中に、突如編み笠に着流しという軽装の武士が現れたのだ。

「な、なんだ、貴様はッ」

「命をとるという目的は果たしたのだ。もうそれ以上、遺体を嬲（いたぶ）ることはあるまい」

四人が狼狽えているのをいいことに、正寔は更に強い語調で彼らに説く。見れば、彼らはまだ三十そこその若造。己が年長者であるという気持ちも手伝い、つい説教臭い口調にもなる。しかし、

「どこの誰か知らんが、見られたからは――」

正寔の言葉が気に入らなかったのか、すぐ我に返った中の一人が、その鋒を正寔に向けてきた。

「死ねッ」

短い言葉とともに正寔のどてっ腹を狙ってくる剣先を、五寸ばかり寛げた鯉口近くで禦ぎつつ、正寔は大きく飛び退く。

飛び退きざま、抜く手も見せずに刀を抜いたが、

「ぎゃッ」

次の瞬間、正寔を斬ろうとした男のきき手を傷つけ、刀を取り落とさせたのは、正寔が右手に抜いた刀ではなく、抜くと同時に左手で投げ放った小柄であった。

通常、武士が道場で修行する剣の流儀に、そんな邪道な技はない。そういう小手先の、騙しの技を咄嗟に使えるのは、道場以外のところで武術を身につけた者に相違なかった。見る者が見れば、そうしたことも一目瞭然の筈である。

「やめよ、弥助」

四人の中では最も年嵩に見える男が、取り落とした刀を拾ってなお執拗に正寔を襲おうと身構える男に、鋭く命じた。

「しかし、お頭」

「その御仁の言われるとおりだ。我らは目的を果たした。最早長居は無用じゃ」

「しかし、こやつに見られてしまいました。万一――」

「黙れ、弥助ッ」

「………」

頭ごなしに怒声を浴びせられ、弥助はさすがに青ざめる。つい興奮してお頭に口ごたえしたことを、激しく悔いたのだろう。

「見られたとて、なんの差し障りがある。通りすがりのこやつには、我らが何処の誰かも、この死骸が何処の誰かも、知る由もないのだ。違うか?」

厳しく問われて、弥助には返す言葉がなかった。

(死骸が何処の誰かわかれば、貴様らの素性を探る手だてはあろうがな)

心の中でだけ、正寔は言い返した。

「退けッ」

頭に言われて弥助が渋々刀を納めたときには、他の二人は既に刀を納め、踵を返す用意ができている。

そのまま素早く立ち去るのかと思ったら、頭だけは大股で正寔に近づいてくる。正寔はさすがに緊張したが、相手は少しも殺気を感じさせず、彼の耳許に、

「伊賀者か？」

低く問いかけてきた。

「………」

「それとも、甲賀か？」

頭は、余程気になるのか、執拗に問うてくる。

「いや、江戸の旗本だ」

「えっ？」

仕方なく正寔が答えると、相手はさすがにたじろいだ。

嘘だ、

正寔を見返す目が、そう言っていた。

しかし正寔は意にも介さず、落ちた小柄を拾うと、己が進むべき方向に向かって歩き出す。それで我に返った頭もすぐに踵を返し、部下たちのあとを追って行った。

四人の刺客が山中を駆けて去り、彼らの気配が完全に潰えるまで、正寔は全身の神経を研ぎ澄ませ、それを窺っていた。もし万一、頭の気が変わって正寔を亡き者にせんと舞い戻ってくるようなら、死骸の身許の穿鑿など諦め、さっさと逃げねばならない。

（行ったか……）

少しく安堵したとき、

「若」

不意に、すぐ頭上から呼びかけられた。

「いたのか、六兵衛」

見上げて確認するまでもない。数歩先の椎の木の枝上に、正寔にとっては傅役であるとともに、あらゆる忍びの技を仕込んでくれた師匠でもある老人が、座っている。小柄な体に木の幹と同化するような焦げ茶の着物を纏っているため、森に棲む小動物かと一瞬見紛う。

「ええ、おりますとも」

「いつからだ？」

憮然として答える六兵衛を仕方なくふり仰いで正寔は問うた。

「勿論、長崎からでございますよ」

「なに、全然気がつかなかったぞ」

正寔は憮然とする。

「当たり前でしょう。気づかれるようでは、忍びの供の意味がございませぬ」

「…………」

「だいたい若は、供もお連れにならず、たったお一人で長崎から江戸まで道中なさるなど！　少しはご自分のお歳をお考えなされ。もうじき五十になられようというお方が、無分別にも程がありますぞ！」

「まだ、四十八だ」

不機嫌な声音でボソリと言い、

「お前こそ、そんないい歳の男をつかまえて、『若』などと呼ぶな」

笠をあげ、木の上の六兵衛を睨んだ。その途端、

「そら、そのように無防備にお顔をさらして、なんといたしますッ」

忽ち、頭ごなしに叱責された。正寔は慌てて笠を下ろす。

「もしそれがしが、若のお命を狙ってきた刺客であれば、なんとされます」

「うるさいのう。お前は刺客ではないのだから、別にかまわぬだろう」

「そういう油断が、思わぬ不覚を招くのですぞ。だいたい若は、この六兵衛の教えを、なんとお思いか」

「ああ、わかった、わかった。油断した儂が悪かった。以後気をつける」

今年で七十になる口喧しい老人にこれ以上逆らっても仕方ないと諦め、正寔は素直に己の非を認めた。

「おわかりいただければよろしいのです」

六兵衛はそれで満足したようだ。

「では、いましがた刺客どもに斬られて死んだあの男が何処の誰か、調べておいてくれるか？」

「は？」

「見ていただろう。さっきの奴ら、あれは忍びだぞ」

「そうでしょうな」

「それ故、後日儂の素性を探りあて、殺しに来ぬとも限らぬだろう」

「でしたら、いまから追いかけ、始末してまいりますか。そのほうが、面倒がなくてよろしかろう」

「待て、六兵衛」

いまにも枝から枝へ飛び移らんとする六兵衛を、正寔は慌てて呼び止める。

「まさか若は、あの者らごときに、この《霞（かすみ）》の六兵衛が不覚をとるとでもお思いか？」

「そうではない、六兵衛。ここまで来る途中に、殺された男のものと思われる陣笠が落ちていた。追われていると気づいた男が、賊から素性を隠そうとしてわざと落としたのか、邪魔になって捨てたのか、それはわからんが」

「………」

「笠に打たれた紋は七曜星（しちようせい）だった」

「七曜星？」

「田沼家（たぬまけ）の紋だ」

「田沼家の？　しかし、七曜星を家紋にしている御家は、田沼家だけではありますまい」

「だから、調べてほしいのよ。江戸に程近いこの御岳山（みたけさん）山中にて刺客に殺された男が一体何処の誰なのか、何故殺されねばならなかったのか」

「ただの物盗りかもしれませぬぞ」

「物盗りならば、なにも盗らずに立ち去る筈がないだろう」

と正寔に指摘され、六兵衛は少しく考え込んだ。

「また、厄介なことに首を突っ込まれましたな、若。ですから、放っておけばよかったのです。若が駆けつけたときには、どうせあの男は殺されていたのですから――」

「そのとおりだ。儂も反省しておる」

と素直に認めた上で、

「だが、関わってしまった以上、あやつらに嗅ぎつけられるその前に、こちらが奴らの正体を探りあてておくしかあるまい」

悄然と項垂れてみせながら、更にたたみ掛けるように正寔は言った。

「こんな難儀な役目、他に誰に頼めると思う、六兵衛？」

「それは……」

「お前しかおらぬではないか」

「確かに。それがししか、おりませぬな」

満更でもない口調で、六兵衛は応えた。

「他の者が死体を見つける前に、手がかりを捜してくれぬか？　儂は、万一奴らが戻ってきたときのために、このまま先を急ぐ」

「しかし、それでは若のお供が……」

「山を下れば、じきに御府内(ごふない)だ。心配はいらぬ」

「では、真っ直ぐお屋敷にお戻りくださいますな」

「当たり前だ。四十八にもなった男が、何処で道草を食うというのだ」

「充分食ってきたではありませぬか。京(きょう)、大坂(おおさか)になど寄り道せず、海路にて江戸を目指せば、もうとうに着いておりましょう」

「あれはお前、下見ではないか。長崎の次は、京都奉行か大坂奉行を命じられぬとも限らぬからなぁ」

「…………」

「とにかく、もうこの先には京も大坂もないのだ。寄りたくても、何処にも寄れぬわ」

「約束でございますよ。本当に、真っ直ぐお帰りくださいませ。でないと、それがしが奥方様に叱られます」

(六兵衛を寄越(よこ)したのは、女房殿か。ったく、油断も隙(すき)もならぬ)

心の中でだけ正寔は苦笑して、

「何処(どこ)にも寄らず、真っ直ぐ屋敷に戻る故、そちは安心して行くがよい」

「承(うけたまわ)りました」

枝上から飛び降り、一旦正寔の足下に跪いてから、六兵衛は四人の刺客が立ち去ったほうへ走り出した。走り出せば、忽ち気配はかき消える。いくら優れた忍びとはいえ、現在の六兵衛の足では、到底四人に追いつくことはできまい。先ずは彼らが何処の方角へ向かったのか足跡を確認し、しかる後、殺された男の死体を検めるつもりだろう。

（年寄りには、些か酷な務めになるかな）

思う一方で、歩み出した正寔の口辺には、無意識の笑みが滲んでいる。

（まあ、大丈夫だろう。爺さんは元気だから）

通称、《霞》の六兵衛と呼ばれる、口うるさい伊賀の上忍を、まんまと己が身辺から追っ払ったことが、いまはなにより心地よかった。

一

（誰だ！）

つと目を覚まし、半身を起こした。

「殿様、殿様」

絹栄のかん高い声音が、少し離れたところから響いてくる。

（なんだ）

安堵した。

誰かに見られているような錯覚をおぼえたのだが、うたた寝の夢かもしれない。

「殿様ぁ～ッ」

それにしても、絹栄の声は若い。

声だけ聞いていると十五、六の小娘のようでもあり、先にその声を聞いてから彼女の姿を見る者は一様に驚く。

（変わらぬなぁ）

一年ぶりに帰宅した自邸で寛いでいた柘植長門守正寔は、しみじみと思った。

絹栄を娶ったのはいまから二十数年前のことになる。

当時絹栄は既に二十歳に達しており、最早小娘という年齢ではなかったが、声だけは汚れを知らぬ乙女のようで、正寔も大層戸惑った。それから、決して短くはない歳月が流れ、互いに年齢相応の容貌となったが、絹栄のその声音だけは、不思議なほどに変わらない。

「殿様、一大事でございます」

激しい衣擦れの音とともに、声音は廊下を渡ってくる。

(また、一大事か)

鬢を撫でつけつつ正寔は起きあがり、居間の障子を開けて顔を出した。

「何事だ」

「長崎から、荷が届いたのでございます」

廊下を小走りに来る絹栄の頬は、少女のように紅潮している。だが、その顔は既に少女のものではない。

「荷が?」

「はい」

鶯色の縞縮緬の小袖の裾を、当世の流行りで長く引きずっている。大きく衣擦れの音がするのはそのせいだった。

「荷が届いたくらいで、大袈裟に騒ぐでない」

「なれど、長崎からでございますよ」

「先月むこうを立つ前に、儂が頼んできたのだ」

「そうなのですか」

「ああ、生憎あの折は品切れだったので、荷が届き次第、江戸に送ってくれるよう、商館のカピタンと奉行所の者に頼んできたのだ。それで、荷はどこだ？」

「はい。お玄関の次の間に置いてございます。こちらへ運ばせますか？」

「いや、いい」

言うなり正寔は自ら居間を出て、玄関脇の次の間に向かう。直参千五百石の旗本屋敷の総面積は約六百坪余。万石以上の大身のお屋敷ほどではないが、かといって、そう狭くもない。

逸る心を抑えつつ、正寔は長い廊下を飛び上がるように歩いて次の間へと急いだ。

シャカシャカという衣擦れの音が、それを追いかける。絹栄も、荷の中味がなんなのか、興味津々なのだろう。

荷は、長さ八尺五寸、高さ二尺五寸——つまり、通常の長持が全部で三つ。一つならともかく、一度に三つも届けられたことに、絹栄は驚いたのかもしれない。

興味津々でありながらも、勝手に開けて中を見たりしないのが、育ちのよい絹栄の美質である。

「かすていらでございますか？」

長持の蓋をとり、油紙の包みを開こうとする正寔の背に、浮き立つ声音で絹栄が問いかける。

「長崎から江戸まで荷を運ぶのに、ひと月はかかるのだぞ。かすていらなら、とうに腐り果てているわ」

「では、葡萄酒ですか？」

　絹栄の声音が更に華やぐ。

　滅多に口にできぬ葡萄酒が妻の大好物であることを、無論正寔は知っている。それ故、

「ああ、安心せい。勿論葡萄酒も頼んである。酒は腐らぬからなぁ」

　絹栄の問いに答えつつ、正寔は長持の中味を手早く確認してゆく。そのあたりの手際は、長崎奉行時代、出島の商館に度々抜き打ち監査をかけた際に培ったものだろう。

「お、あった、あった」

　二つ目の長持を開けてまもなく、正寔が呟くのを、絹栄は聞き逃さなかった。

　素早く近寄り、夫の背中越しに覗き込む。

「天鵞絨じゃ」

「阿蘭陀の布でございますね」

　二つ目の長持から出てきたのは、大量の布地——それこそ、葡萄酒のような色に金糸の入った鮮やかな色の生地である。

「どうだ、美しかろう？」

「この布を、どうするのでございます？」

「きまっておろう、着物を仕立てるのだ」

「え？」

「そなたも一枚、作るがよいぞ。たくさんあるからのう」

「このように派手な色、私には無理でございます」

「着物が無理なら、帯に用いればよかろう。丸山の遊女たちは、天鵞絨仕立ての帯や半襟を身に着けておったぞ」

「丸山の女？」

怪訝な顔で、絹栄は問い返した。

「はて、丸山の女とは、如何なる女子のことにございます？」

問い返されて、正寔は漸く己の失言に気づく。

「…………」

「殿様、いかがなされました？」

「いや、別に……」

「お顔の色が、とても悪うございますよ。それに、たくさん汗をかいていらっしゃいます」

「そんなことはない」

正寔は懸命に平静を保とうと努めた。

「それで、丸山の——」

絹栄が言いかけるところへ、

「そうだ、絹栄、これはどうだ?」

と正寔が妻を顧みて見せたのは、一対のびいどろの酒杯である。赤色に、黄金色の花の絵が施されている。

「まあ、美しい」

「そうだろう」

「でも、二つきりなのですか?」

「これは、儂とそなたが使う、夫婦杯だ。だから、二つで充分なのだ」

「殿様……」

四十を過ぎていながら、正寔を見返す絹栄の目は、その声と同様、少女のようだった。嫌いというわけではないが、古女房からそんな目で見られることは、流石に些かくすぐったい。

「今宵はこの酒杯で、そなたと葡萄酒を飲もうではないか。……なにか、気のきいた肴を作ってもらえるとありがたいが、頼んでよいか？」

「はいっ」

満面に喜色を浮かべて、力強く絹栄は応えた。

「葡萄酒にあうのは、なんといっても、阿蘭陀料理でございましょうが……昨年殿様に教えていただいた、ごうれんとやら申す、鱧の天ぷらはいかがでしょう。青菜の酢漬けもつけて。あ、殿様のお好きな、葱鮪鍋もようございますね。……すぐに魚河岸へ行ってまいります」

ニッコリ笑って踵を返すと、絹栄は台所のほうへと足早に去った。

千五百石の旗本の奥方が、自ら料理をすることは珍しい。裕福な家なら専門の料理人が雇われているし、専門の料理人ではなくても、通常は厨方の女中や下働きの者が手分けして料理をする。柘植家よりもずっと御大身の旗本の娘であった絹栄も、実家にいた頃は当然、包丁など手にしたことはなかった筈だ。だが、嫁いできて、正寔がなかなかの食道楽であることを知ると、自ら厨に立ち、夫のために料理を作るようになった。

意外にも、絹栄の包丁さばきは見事なもので、一度でも食したことのあるものは寸分違わず再現できる、という恐るべき味覚の持ち主でもあった。なにより、自分の料理を正寔が歓んでくれることが、絹栄にとっては至上の歓びだった。

それ故、日々研鑽と努力を怠らない。

（びいどろの夫婦杯――）

絹栄の心は年甲斐もなく高鳴った。

正寔が長崎奉行として赴任しているあいだ、正直言って淋しかったし、不安でもあった。現地に赴くのは、二人の奉行の交替制なので、正寔が家を空けるのは実質一年間のことなのだが、それでも、一年おきに江戸と長崎を行き来する八年間は長かった。

（殿様が選んでくださったびいどろの夫婦杯で、あの美味しい葡萄酒が飲めるなんて……）

想像するだけで、絹栄の唇の端は無意識に弛む。

（それにしても――）

外出するため、着物を着替え直そうとしていた絹栄は、ふとその手を止めて考え込む。

（『丸山』の女って、一体なんのことかしら？）

日頃は冷静な正寔が、ひどく狼狽えているように見えたのも気がかりだった。

だが、絹栄はいま、至福の境地にある。

（まあ、いいわ。長崎の次は何処へ行かされるか気が気でなかったけれど、今度のお役目は作事奉行。作事奉行を務めた者は、そのあと大抵勘定奉行に昇進すると聞いているし。……きっとこのまま、ずっと江戸にいてくださるわ）

更にはそのことを思うと、再び無意識の微笑みがこみあげて、満面をほころばせるのだった。

二

「なんじゃ、長州、その素晴らしい着物は」

江戸に帰還した挨拶のため、屋敷に参上した正寔のその姿をひと目見るなり、老中の田沼意次は目を剝いた。

なにしろ、ただでさえ光沢ある赤の天鵞絨に大量の金糸が混じる布で仕立てた紋付姿である。

幕府の赤字財政を食い止めるため、さまざまな批判を伴う大胆な政策をおこなってきた果断な老中でも、これにはさすがに驚いた。

「阿蘭陀渡りの天鵞絨にて仕立てましたものにございます」

悪びれもせずに正寔は答えたが、天鵞絨は、通常、阿蘭陀人がマントに用いる生地である。上等なものになると、生地に相当の厚みがあるため、着物に仕立てるには向いていない。それを無理に和服に仕立ててあるため、かなり異様な感じがするのだ。艶(つや)やかな光沢を放つそんな衣服は、おそらく日本人には似合っていない。

老中の屋敷へ挨拶に来るのに、そんな異様な紋服を着てくるなど、正気の沙汰とは思えなかった。

だが、正気の人間でも容易にはあげられぬだけの成果を上げて、正寔は帰還した。

それ故意次も、頭ごなしに咎(とが)めたりはしない。

おまけに、正寔が帰府する少し前、嫡男の意知(おきとも)が若年寄に昇進していた。

幕府の役職は、だいたい、老中配下と若年寄(わかどしより)配下の二つに分かれる。親子で老中と若年寄の座に就くということは、即ち、幕府を丸ごと田沼家の傘下におさめたようなものなのだ。上機嫌にもなるだろう。

「阿蘭陀商館のカピタンに会うときに着ていくと、歓ばれるのでございます」

「そうなのか？」

「奴らも人の子。遠い異国で、あまりにも己らとかけ離れたる者たちと日々交わっているのは辛うございましょう。こうして、己の故郷の衣類を纏うてやれば、少しは安堵するようでございます」

「なるほどのう」

正寔の長広舌に一旦納得してから、

「じゃが、いくらなんでも、その素晴らしい姿で登城してはならぬぞ」

やや表情を引き締めて、意次は言った。

「え？」

「そのほうのことだ。どうせ、それを着て登城し、新しい部下たちの度肝を抜くつもりだったのであろう」

「いえ、そのようなことは、決して……」

思惑を見抜かれたことに、正寔は僅かに動揺した。

だが、動揺しているとは思われたくないがために、

「ですがご老中、何故、この装いで登城してはいけないのでございます？」

少しも悪びれぬ風を装って、正寔は問い返した。

（面倒くさい奴だなぁ）

内心閉口しながらも、

「老中の儂がいかんと言うのだから、いかんのだ。身の程をわきまえよ、長州」

厳しい口調で、意次は言った。

「いけませぬか？」

「くどいぞ」

「江戸の冬は厳しいので、ちょうどよいと思ったのですが……そうですか、駄目ですか」

ガックリと項垂れた正寔の様子を見て、

（こやつ、まさか本気で、天鵞絨の紋服を着て登城するつもりだったのではあるまいな）

意次は訝り、しばし真顔で、正寔のその紋服を見つめていたが、

「その天鵞絨、まだ手に入るか？」

真顔のままで、正寔に訊ねた。

「はい。いくらでも」

「では、儂にもひとつ、仕立ててくれぬか」

「え？」

「さすがに、お城には着て行けぬが、屋敷で着ているぶんにはかまうまい。……それ

は、江戸の厳しい寒さが凌(しの)げるくらい、暖かいのであろう？」

「あ、はい。それはもう、暖こうございます」

「それに、微行(しのび)で吉原(よしわら)に赴く際にも着られそうだ」

（こんな派手な恰好じゃ、全然おしのびにはならんだろうがな）

冗談か本気かわからぬ大真面目な老中の顔をチラッと覗き見ながら、正寔は心中舌を出していた。

商業重視の田沼意次が老中となってからというもの、経済が活性化し、幕府の財政も回復傾向にある。商業を重視するくらいだから当然開明的な思想の持ち主で、長崎での交易にも積極的だった。

長崎奉行としては、これほど仕事がやり易い老中も滅多にいない。

国産の陶器を外国向けに売るという正寔の発案も、唯々(いい)として認めてくれた。そのおかげで、大きな利益をあげてきている。

「ときに、長州」

「はい」

意次がふと口調を変えたことに、無論気づかぬ正寔ではない。それ故無意識に居ずまいを正した。

「そちの此度(こたび)の役職のことだがな」

「はい。作事奉行、有り難く拝命いたしました。遠国(おんごく)に赴かずにすみまして、妻も安堵しております。ご配慮、有り難く存じまする」

「いや、作事奉行は、勘定奉行の席が空くまでのつなぎじゃ」

「………」

「それ故、やりすぎるな」

「え?」

「長崎奉行を務めた者を、一年も二年も遊ばせておくわけにはゆかぬ。それ故、たまたま空きのあった作事奉行に就けたのだ」

と一旦重々しく言っておいて、

「遊んでおればよい、と言っておるのだ。作事方は、百戦錬磨(れんま)のそちには物足りぬ、つまらぬ職だ。すべて下役どもに任せて、そちは懸案書に印を捺(お)していればよい」

一転表情を弛め、老中・田沼意次は口辺に薄く笑みを滲ませた。

意次のこういう表情は、ちょっと恐い。多分、よからぬことを企んでいる。

正寔は畏(かしこ)まって聞いていたが、内心の不満が顔に出ぬよう腐心(ふしん)した。

意次の言葉の意味は無論理解できる。

しかし、まだ職務に就いてもいないうちから、「物足りぬ」とか「遊んでいろ」とか言われて、

「承知いたしました」

と応えられる正寔ではない。

(遊ばせておくわけにはゆかぬ、と言っておきながら、遊んでおればよい、とは一体どういうことだ。意味がわからん)

考えるほどに居心地の悪さをおぼえた。

三

「なんだ、これはッ」

城中、目付部屋の隣に置かれた作事方の本部を、新奉行の柘植長門守正寔がはじめて訪れた際、執務室の文机(ふづくえ)に山積みされた書面を一瞥(いちべつ)するなり、長門守は声を張りあげた。

「おい、誰かッ」

「は、はいッ」

控えの間から慌てて飛び出してきたのは、前任の奉行のときから与力を務める水嶋忠右衛門である。年の頃は四十がらみ。丸顔で小肥り、おまけに何年も陽を浴びてない遊女かと思うほどの色白で、殆ど外に出ていない職務の者であることは一目瞭然だった。

「誰だ、貴様は？」

「よ、与力の水嶋でございます。以後、お見知りおきを――」

「うむ、長門守だ。見知りおけ」

「はい」

「で、これはなんだ？」

「な、なにと仰せられましても……普請に関する懸案書でございます」

「なに、懸案書だと？　何故そんなものが、ここにあるのだ？」

困惑しきった水嶋の返答を聞くなり、正寔は更に怒声を発した。

作事方の詰め所どころか、隣の目付部屋にまで聞こえるような大声である。

「な、何故と仰せられましても……」

「前任者の在職中にあがってきた懸案書であれば、前任者がすべて採決しておくべきであろうがッ」

「は、はいッ」

「それが、何故、いまもこんなに残っておるのだ。それともなにか？ これはすべて、前任者が去り、私が着任するまでのあいだにあがってきた懸案書なのか？」

「い、いいえ」

「では、前任者が残していったものなのだな？」

正寔は念を押す。

「はい」

「うぬ、この長門守正寔、なめられたものよのう」

「も、申し訳ございませぬッ」

正寔の剣幕に恐れをなし、水嶋忠右衛門は遂にその場に平伏した。

新奉行の激昂を一人で受け止める羽目に陥った与力の震えるその背を見ていると、さすがに不憫に思えてくる。だが、だからといって、ここで追及をやめるわけにはいかない。

「貴様、新任の奉行を侮り、とことん莫迦にしておるようだな、水嶋」

「だ、断じて、お奉行様を侮ってなどおりませぬ。…ど、どうか、お許しを」

「では何故、前任者のときにまわってきた懸案書が、いまのいままで、こうしてここに残っているのか、と訊いておるのだ？　前任者は、己がその任を終えるまでにすべての案件を処理するべきであろう。違うか？」

「そ、そのとおりでございます」

「では何故、できておらぬのだ？　貴様ら与力が怠慢なためか？」

「いいえ、決して、そのようなことは……」

「怠慢ではないと言い張るか？」

「………」

「では矢張り、この儂を侮ってのことであろう？　大方、面倒なことはすべて先送りにして、次の者にやらせればよい、とでも思っていたのであろう？」

「お、お言葉ではございますが」

「なんだ？」

「それは違います」

泣きそうな顔になりながら、それでも忠右衛門は必死に訴える。

「実は、先のお奉行様は急な病でお倒れになり、引き継ぎをなされる暇もなく……」

「亡くなられたのか？」

「はい……」

「儂が着任するまでのあいだ、奉行職を代行する者はいなかったのか？」

「はい」

「そうか」

正寔は意外にあっさり納得した。

「ならば、仕方あるまい」

「え？」

忠右衛門は耳を疑った。

「そういう理由であれば、前任者のときの案件が残ってしまっても仕方がない。……そういうことは、先に言うものだぞ、水嶋」

「あ……」

安堵とともに、忠右衛門は激しく拍子抜けした。忠右衛門がそれを口にする暇もないほど、正寔は矢継ぎ早に言葉を発し、激昂していたではないか。

「来るなり、大声を出して悪かったな」

「い、いいえ」

「あとで、家の者が長崎土産(みやげ)を届けてくれる。皆に配ってやってくれ」

「そ、そのようなお心遣い、勿体(もったい)のうございます」

「これから世話になるのだ。当然ではないか」

笑顔で言って、正寔は文机の前に静かに座した。

（やれやれ……）

その鮮やかな笑顔に安堵を深くしながらも、水嶋忠右衛門は内心恐々とした。

（やり手とは聞いていたが、どうも厄介なお人のようだ。先が思いやられる——）

と思う一方で、

（長崎土産かぁ。なんだろうなぁ）

少しく気になった。彼の地が唯一、異国との繋がりであったこの時代、長崎、と聞けばそれだけで心が逸る。仕方のないことだった。

長門守正寔が、作事方の下役の者たち全員と対面したのは、全員の手に、長崎土産のビスケットと金平糖が配られてからのことである。

来るなり大声を出し、水嶋忠右衛門を叱責したことは、全員が聞き及んでいる。

その怒りっぷりに、当然全員が縮み上がった筈である。そこへ、気前よく土産が配られた。下役たちは皆戸惑ったことだろう。

すべては正寔の狙いであった。

実はこの数日前、正寔は密かに詰め所を覗き、下役の者たちの顔と名前を見覚えていた。更には、彼らの仕事ぶりもしっかりと見届けた。無気力でやる気のない者ばかりであることは、ほんの半刻覗き見ただけで充分に察し得た。

（ああいう連中には、最初にガツンとやっておくに限る）

それで、あのような初出仕（しゅっし）となった。

正寔が、怠惰を許さぬ苛烈（かれつ）な性格の持ち主だと知れば、彼らも少しは真面目に仕事をする気になるだろう。

与力の水嶋忠右衛門は、おっとりしたその見た目ほど、のんびりした性格ではなかったらしく、正寔に対しては極めて慎重な態度で接したが、結局彼の努力やささやかな配慮はなんの意味もなかったと知ることになる。

「さて、出かけるか、忠右衛門」

初出仕から三日目、正寔は外出の支度をして忠右衛門を促した。

「は？」

「そちもつき合え」

「どちらに、お出かけになるのでございますか？」

不安を堪（こら）えて、忠右衛門は問い返した。

「決まっていよう。これらの懸案書にある、普請の現場だ」

「え？　何故そのような場所へ？」

「本当に普請の必要があるかどうか、この目で確かめるために決まっているではないか」

「…………」

忠右衛門は返す言葉もなく、茫然と正寔を見返した。

前任者のときから既に数年、作事方の与力を務めてきて、そんなことは前代未聞である。いや、これがもし、普請奉行であろうが、小普請奉行であろうが、奉行が自ら現地へ出向いて検分するなどということは、先ずあり得ない。

「諸国に飢饉が広まり、民が困窮しているいま、不必要な普請は極力控えるべきであろう」

忠右衛門の驚愕の表情など意にも介さず正寔は言い、編み笠を片手に、さっさと部屋を出て行ってしまう。

「お、お待ちください、お奉行さまッ」

忠右衛門は慌ててそのあとを追った。

奉行に随うのは与力の務めだ。とにかく、いまはあとを追うしかなかった。一度追った最後、その後もずっと追わねばならぬ羽目に陥るとは、夢にも知らずに。

四

作事方の役人たちばかりか、近頃では出入りの大工や畳屋――町人までが陰でそう呼ぶ。

「びいどろ奉行」

昨年三月長崎奉行の任期を終え、その後まもなく作事奉行の職に就いた柘植長門守正寔の江戸でのあだ名は、着任して一年近く経ついまも変わらない。揶揄と親しみの両方が入り混じったあだ名だ。

柘植家の祖・行正は、織田信長に縁の者であるということになっているが、実際には伊賀国柘植郷の郷士である。早い話、歴とした武士ではない。

戦国の昔、神君家康公の伊賀越えを助けたことから、旗本に取り立てられた、と言われている。

通常「忍び」とか「草」とか呼ばれ、生粋の武士からは軽侮の目で見られることの多い出自を恥じて、大方先祖の誰かが、贋の家系図をでっちあげたのだろうと、正寔は思っている。

（信長の血筋でも、忍びの末裔でも、大差ないわ）

将来子孫たちが殿中で肩身の狭い思いをしないように、という御先祖のささやかな配慮を、正寔は鼻先で嗤っていた。

信長公の父・信秀の弟・信定――つまり、信長にとっては叔父にあたる男の五男というのが、行正の出自である。その行正の子・正俊は織田家に仕え、そののち豊臣に仕え、慶長五年の上杉攻めに従って、采地を賜った。

正寔は、その正俊から五代後裔の三四郎晃正の長子である。

二十歳をいくつか過ぎた年、西の丸小姓組番という役を得て初出仕する際、正寔は、折しも師走の寒さに堪えかね、あろうことか、懐手をして登城した。

浪人者や、市井の破落戸ならともかく、少なくとも歴とした武士――それも、これからお城にあがろうという直参旗本の為すべき所業ではない。

当然見咎められ、このとき直接の上司であった若年寄からは大目玉をくらった。

「なんという行儀の悪さか」

「はは、申し訳ございませぬ」

大いに畏れ入って平伏しながらも、

（元々、歴とした武士じゃねえんだ。行儀が悪いのは当たり前だろ）

腹の中では真っ赤な舌を出していた。

（そもそも、武士たる者、手が凍えていては、急な襲撃に備えられぬではないか。刀が摑めずに不覚をとったらなんとするのだ）

初登城の初出仕にして、このふてぶてしさである。若さ故の荒っぽさはあったかもしれないが、それから二十年以上のときが過ぎても、結局その気性はあまり変わっていない。

但し、行儀は悪くとも、務めに対しては極めて真摯である。

その後、西の丸小姓組番、進物の役、徒頭、目付、と順当に城勤めを経験した正寔が佐渡奉行に任じられたのは、将軍・家治の側用人であった田沼意次が老中となったその翌年のことだった。

遠国奉行は出世の緒だが、江戸を遠く離れるため、多大な危険も伴う。

「佐渡というのは流刑の地でございますね」

その地名を聞くやいなや、絹栄は忽ち顔を曇らせた。

「昔のことだ」

正寔は苦笑したが、絹栄が不安がる気持ちもわからなくはない。

「ですが、金山で働いているのは、皆、人殺しの罪人なのでございましょう？」

「人殺しのような重罪人は大抵磔に処せられる。遠島になるのは、博打や不義密通など、比較的罪の軽い罪人だ」

「では、罪人の中には、女子もおりますのでしょうか？」

「それは、おるだろう」

絹栄の心配の種がどうも妙な方向にずれていったことに気づいて、正寔は更に苦笑し、且つ閉口した。

佐渡金山は、徳川の世になってから幕府の直轄地となり、鉱山関係者が大勢移り住むようになったため、彼らの食料を確保するために新田が開発され、漁師や商人も集まってきた。

勿論、金の匂いに誘われて、山師や盗っ人など、胡散臭い連中も大勢まぎれ込んでいる。

絹栄が案じたとおり、危険なことも多々あった。

（絹栄にはとても話せんが）

箱入り娘で、江戸から一度も出たことのない絹栄が聞けば、忽ち卒倒してしまうだろう。

金を狙う賊に奉行所を襲撃されたのも、一度や二度ではない。

　通常、奉行職の定員は二名である。遠国奉行の場合、一人が現地に赴き、一人は江戸詰めとなる。ほぼ一年おきに交替するが、佐渡で過ごした一年は、正寔にとって、十年にも匹敵するほどの貴重な時間だった。

　あの一年が、いまの正寔を作ったのだとも言えるだろう。

　江戸で城勤めをしているだけでは絶対に知り合うことのできぬ者たちと出会い、ともに過ごした。

　残念ながら、絹栄が案じたようなことはなかったが、それでも佐渡で過ごした日々は、正寔にとって忘れがたいものとなった。

　無事、佐渡奉行を務めた正寔は、江戸に帰還してまもなく、長崎奉行に任じられた。

　長崎には女の罪人はいないと信じているらしく、今度は不安な顔をせず、絹栄は笑顔で夫を送り出した。女の罪人どころか、「丸山」という、江戸の「吉原」、京の「島原（しまばら）」と並ぶ大遊廓があることを知っていれば、話は違っていたであろうが。

五

「なに、山下(やました)御門の普請願いだと？」

いつもどおり、懸案書の山から、一枚ずつ丹念に目を通していた正寔は、ふと手を止めた。厳しい顔つきで、与力の水嶋忠右衛門を顧みる。

「確かあそこは、先々月修繕したばかりではないか」

「先日板倉周防守(いたくらすおうのかみ)様のお屋敷で小火(ぼや)がございました折、飛び火して櫓(やぐら)が焼けたそうでございます」

冷や汗混じりに忠右衛門は応え、すぐ目を伏せる。

「なに、小火が飛び火だと？」

正寔の表情が、益々険しいものになるのをじっと見つめていられるほど、彼の肝(きも)は太くはない。

「そんなおかしな話があるか。飛び火するほど燃えたなら、それは最早小火ではあるまい」

「たまたま、風向きが悪かったのかもしれませぬ」

「だいたい、板倉周防守の屋敷で火事があったなどと、儂は聞いておらぬぞ」

「そ、それがしに言われましても……それがしはただ、聞き及んだとおりに申しあげているだけでして……」

忠右衛門はすっかりしどろもどろである。前任者のときから与力の職にあるが、前の奉行はこんなにやりにくい人間ではなかった。着任から一年が過ぎても、それは変わらない。

「こんないい加減な懸案書は、金輪際儂の目に触れさせるなと常々言っていようが」

「さ、されど、……それがしの一存で、勝手に懸案書を戻すわけには……」

いまにも窒息しそうな忠右衛門のその様子を、正寔は内心面白がっているが、さあらぬていで、

「まあ、いい。溜池の土手の視察に行くついでに覗いてみよう」

重々しく述べた。

「え、また視察に行かれるので？」

「当たり前だ」

「し、しかし、そろそろ、これらの書類にお目どおしいただきませんと……その、どんどんたまってしまいますので……」

「だから、早く視察に行かねばならぬのではないか。さっさと仕度せい」

「そ、それがしもでございますか？」

「当たり前だ。お前は儂の与力だろう」

「はい」

　忠右衛門は泣きそうな顔で腰を上げた。

　この一年、正寔に随って昼日中から外歩きをしているおかげで、すっかり健康的な顔色になった。肥り気味の体も心なしかすっきりと痩せたように見えるのは、正寔のおかげで日々神経をすり減らしているせいばかりではなさそうだった。


　そもそも、作事方というのは、それほど面倒な部署ではない。

　本丸、西の丸を含めて城内にあるすべての建築物、城外においては町奉行所や本所の材木蔵などの幕府施設、浅草寺・東海寺等、徳川家所縁の寺院の建築一切を担う。

といっても、修繕が殆どで、現場の担当者からまわってきた懸案書に目を通して印を捺し、勘定奉行にまわして裁決を仰ぐ。

　つまり、懸案書に目を通して印を捺すのが、作事奉行の主な仕事である。

　実際の作業については、大工たちへの指図は大工頭が、畳替えならば畳奉行、といった具合に、それぞれ専門の下役が現場を取り仕切る。

奉行は彼らに命じるだけで、常に城内の詰め所にいて、懸案書に印を捺したり、ときに老中へのご機嫌伺いなどをしている。

少なくとも、正寔の前任者はそうしていた。

前任者の下での与力の仕事といえば、下からまわってきた懸案書・起案書を奉行のところへ持っていく。奉行に印を捺してもらい、勘定奉行の与力のところへ持っていく。それ以外で、奉行に言いつけられる用事といえば、せいぜい、老中が喜びそうな菓子を買い求めてくるくらいのものだ。

それが、正寔が作事奉行の職に就いてからというもの、前任者のときには経験したことのないような用事ばかりを言いつけられ、正直戸惑い、困惑している。

(目付から佐渡奉行、長崎奉行と、順当に出世されておられるところをみると、仕事がおできになり、ご老中のおぼえもめでたいのであろうが……)

少なくとも、忠右衛門にとっては、相変わらず厄介な男でしかない。

(しかも、何時何処で火事があったかまで、すべてご存知とは、畏れ入ったお方だ)

正寔の速い歩みに後れまいとして小走りになりながら、忠右衛門は懸命にあとを追った。厄介な奉行ではあるが、その思考に、近頃漸く慣れつつある。

外堀をぐるりと巡り、四ツ谷（よつや）御門の普請場に戻ったときには、既に陽が暮れかけている。

斜に差し掛ける赫光（ゆうひ）が、正寔の影と、半歩後ろに従う忠右衛門の影を、長く背後に曳いていた。

「忠右衛門」

前を向いたまま、正寔はふと呼びかける。

「はい？」

「足には自信があるか？」

「足、でございますか？」

「走るのは速いか、と訊いているのだ。日頃から、足腰の鍛錬をしておるか？」

「それは……」

鍛錬と言えるかどうかわからぬが、この一年、正寔とともにほぼ毎日現場の検分をおこなっている。そのため、以前と比べれば、一日に歩く距離が格段に延びた。

おかげで、以前はあれほど重く感じた体が、近頃は生まれ変わったかと思うほど、軽い。妻にも、

「旦那様のお着物、このままでは、仕立て直さねばなりません」

　と、苦情ともお世辞ともつかぬ言葉を吐かれるようになった。満更でもない言葉であった。だが、

「どうだ、走る自信はあるか？」

「自信があるかと言われますと、それはその……」

　正寔の問いの意味がわからず口ごもる忠右衛門に、

「自信がなくとも、走らねばならぬ」

　断固たる口調で、正寔は命じた。

「命が惜しければ、な」

「え？」

　忠右衛門は忽ち戦慄(せんりつ)した。

　一年のあいだに、彼もさまざまなことを学んだ。正寔がそういう口調で命じるとき、それは、絶対にそうしなければならないということだ。そうしなければ、きっと正寔の言うとおりになる。

「いますぐ儂から離れ、元来た道を走って戻れ」

　正寔が言い終えるかどうか、というところで、彼の前途に音もなく立つ黒い影があ

る。二つ三つ……いや、全部で五つ。

影は一瞬後、人の姿となり、正寔目がけて殺到した。勿論、その手に得物を閃かせながら。

「うわぁッ」

忠右衛門は驚き、正寔に言われたとおり、すぐさま踵を返して走り出した。いや、実際には走り出そうと一歩を踏み出したところで躓いて転び、それでもその場を逃れようと、懸命に地を這った。

(ちっ)

その気配を察し、正寔は内心激しく舌打ちする。

もとより加勢は期待していないが、足手まといになられるのは困る。

(こんなとき、六兵衛がいてくれたらな)

チラッと思いつつ、正寔は大刀の鯉口を僅かに切った。そのまま、敵が己の正面に立つのを待つ。柘植家の忠実な家臣・《霞》の六兵衛は、例の御岳山中の刺客が何者であるかを調べに行ったきり、未だ戻っていなかった。

「………」

相手は、こういうことには手慣れた刺客だ。声もたてなければ、格別殺気や憎悪も感じさせない。金銭で雇われただけなのだから、当然だろう。

（いやなことだ）

　正寔は嘆息した。金銭で雇われた手練れほど、いやな刺客はいない。そもそも感情というものがないのだから、手に負えない。

　真正面に来た敵が、地を蹴って大上段から斬りかかる――。

　殺気一つ感じさせぬその敵と、まともに目を合わせながら、
　ぎゅしッ、
　正寔は、親指の先でくつろげた大刀を、一気に鞘走らせた。

「があ……」

　脇から顎にかけて斬られた男は、絶命の際、僅かに声を漏らした。低く、苦痛を訴える呻き声だった。

　その男がバタリと音をたてて倒れたときには、正寔の刀は鞘に納まっている。

（居合い使い――）

　正寔の得意技が居合いとわかったことで、刺客どもは安堵した。

　正寔の太刀が届かぬところまで退き、一定の間合いをとった。居合い使いを相手にするときは、とにかく初太刀の間合いから外れることだ。

(馬鹿が)

定石どおりの戦法をとる敵を、内心嘲笑い(あざわら)ながら、正寔はゆっくりと体を動かした。右に動くと見せかけ、左へ——。だが、抜きはなった刀を大きくふるったものの、二度は鞘に戻さない。

ギャッ、

二人目の敵は、容易く(たやす)喉(のど)を突かれて絶命した。刃を返す暇も見せず、すぐ次の敵に切っ尖を向ける。

「ぬッ」

不意に、真正面から刃を合わせることになったそいつは、思いがけぬ展開に、明らかに戸惑った。

一旦居合い使いと思わせておいて、相手を間合いに寄せ付けず、しかる後、こちらから一気に間合いに踏み入り、攻撃に転じる。姑息(こそく)なやり方だが、それなりの効果はある。もとより、真っ当な道場剣法ではなく、六兵衛から伝授された忍びの技だ。

明らかに狼狽える男たちに向かって、正寔はグイグイと踏み込んだ。

中の一人が、正寔の正面に立つ。

がぁッ、

刃を合わせた瞬間、

「悪いな」

正寔はそいつに向かって言った。

「俺は、居合い使いではないよ」

言ったときには、その手の白刃が手元で閃いて相手の胴から喉元にかけて逆袈裟(ぎゃくげさ)に斬りあげている。斬り合いの最中にわざわざそんな断りを入れる者は先ずいない。相手はさぞや戸惑ったであろう。戸惑ううちに、

ぐぁッ、

男は、仰(の)け反(ぞ)りながら大きく血反吐(ちへど)を噴きあげた。

ほぼ瞬時に正寔は三人を屠(ほふ)ったが、残った二人は、格段に強い。ましてや、詐術(さじゅつ)のようなやり方で仲間を殺されたことで、いまや本物の憎悪を全身に滾(たぎ)らせていた。前と後ろから正寔を圧迫し、隙を見せず、ジリジリと間合いを詰めてくる。

(失敗だったかな)

憎悪でもなんでもいいから、相手の感情を掻き乱せば、そこに活路が見出せるのではないか、と正寔は考えた。だが、憎悪の感情を漲(みなぎ)らせながらも、敵の行動に乱れはない。

ザッ、
憎悪を滾らせた二人の手練れが、土埃のたつほど強く地を蹴り、そのとき同時に、正寔めがけて殺到した。

(駄目だ。一人斬るあいだに、別の一人に斬られる)

己の死を覚悟したその瞬間、

「がぁはッ」

正寔の背後で断末魔の短い悲鳴がし、ほぼ同時に振り下ろした正寔の刃が、目の前の敵の左肩から右腋を、抉るように斬り下げていた。

「………」

正寔に斬られた男は、声もなく絶命し、糸の切れた操り人形のように力なく頽れた。

だが、そいつの絶命を確認するよりも、正寔には気になることがあった。それ故すぐに振り向いた。

振り向いた先には、正寔が予想したとおりの人物が、大刀を片手に佇んでいた。その男の足下には、当然死骸が転がっている。

「やあ、三蔵兄」

歯を見せて笑ったその顔は、正寔以上に陽に焼け、赤銅色に輝いている。年の頃は正寔とさほど変わらぬ、四十半ばから五十前。

「相変わらず、危ない橋を渡ってるんだな、兄貴は」

「いつ戻った、半次郎」

嘆息まじりに、正寔は訊き返す。

「つい、いましがた」

「なに？」

「江戸に戻るなり、兄貴の危難に出会すんだから、矢張り、俺と兄貴は、目に見えぬ深い縁で繋がっているんだろうなぁ」

「どんな縁だ、気持ちが悪い」

正寔があからさまに顔を顰めて困惑すると、その男——林友直、通称・半次郎は、声をあげて大笑いした。

身分は仙台藩士だが、江戸で生まれ、十八まで江戸の市井で暮らしていたせいか、カラリとした江戸っ子気質な男である。

「俺の任期が終わる前に長崎を出て、いままで何処でなにをしていたんだ？」

「なにって、江戸に戻ってたよ」

「江戸に戻っていたなら、何故訪ねてこなかった」

「だから、一旦江戸に戻って、それからまた、彼方此方(あちこち)行ってたんだよ」

「そうか。羨ましいのう」

刀を納めつつ正寔は言い、眩(まぶ)しげに林友直を見返した。

仙台藩に籍を置く武士でありながら、遊学と称して北は松前(まつまえ)から南は長崎までを縦横無尽に闊歩(かっぽ)する、羨ましいような自由人だ。元文(げんぶん)三年の生まれで、正寔より三つ年下。ふとしたことで正寔と知り合い、長崎時代の大半を、ともに過ごした。

剣は、狭川派新陰流(さがわはしんかげりゅう)の使い手。その剛毅な剣には、長崎でも、随分と世話になっている。

「で、兄貴はいまなんのお役についてんだい？」

問いつつ、友直も刀を納め、懐かしそうに、正寔を見た。

男同士の熱い再会の背後から、

「お……お奉行様、ご無事でございますかぁ」

息も絶え絶えな忠右衛門の声が聞こえてきた。

「無事か、忠右衛門？」

その存在をはじめて思い出し、正寔は漸く彼を顧みる。腰が抜けたのか、ズルズルと地を這いながらも、忠右衛門は懸命に近寄ってこようとしていた。

「おい、大丈夫か？」

正寔が慌てて手を差し伸べると、

「立てませぬ」

忠右衛門は忽ち泣き顔になる。

「どうした？　斬られたのか？」

抱き起こされた正寔の腕の中で、忠右衛門は意識を失った。

「その御仁、どこも斬られてないぜ」

友直に言われずとも、正寔にもそれはわかっていた。わかってはいたが、だが、忠右衛門の気持ちを思うと、労(いたわ)ってやらずにはいられなかった。おそらく、目の前で白刃が閃き、血飛沫が飛び交(か)うような光景に出会(でくわ)したのも、生まれてはじめてのことであったろう。

「殿、お履きものを――」

「ん？」

若党の新八郎(しんぱちろう)がふと進み出て、草履(ぞうり)を正寔の足下に揃えた。

戦いの最中、夢中で脱いでしまったのだろう。見ると、足袋(たび)の裏側が泥で真っ黒だった。

(だが、こやつ——)

汚れた足袋で草履を履くことに少しく抵抗を覚えつつ、正寔は改めて新八郎を見た。江戸に戻り、作事奉行として出仕するようになった頃から正寔に従っている若者だが、ほぼ毎日顔を合わせていながら、これまで数えるほどしか口をきいたことがなかった。柘植家に縁(ゆかり)の伊賀の郷に住む無足人(むそくにん)である新八郎を江戸に呼び寄せたのは、上忍の六兵衛だろう。

だが、それを六兵衛に命じたのは、おそらく絹栄だ。

(こやつだったか……)

江戸に戻ってからというもの、時折、誰かに見られている、と強く意識することがあり、錯覚だろうと己に言い聞かせてきたが、そうではなかった。これまで新八郎は、正寔の身近にいながら己の気配を消し、正寔の危難に備えていた違いない。この襲撃で、正寔が縦横無尽に刺客と渡り合えたのも、おそらく新八郎の陰ながらの働きがあってのことだ。

「お前だったのか、新八」

「…………」

「俺はこれまで、随分とお前に助けられていたのだな。いまのいままで気づかなんだとは、我ながら情けない」

「いいえ、殿、それでよいのです。決して気づかれてはならぬ、と親爺様に厳しく教えられておりました故」

「そうか」

親爺様というのは六兵衛のことにほかなるまい。汚れた足袋で草履を履きつつ、正寔は深く己を恥じた。六兵衛が常々喧しく自分に言っていたことも、いまなら素直に聞ける気がした。

第二話　敵か味方

一

普請場での襲撃があった数日後、正寔は田沼意次から直々に呼び出された。

神田橋御門内にある田沼屋敷に参上するのは、先年江戸帰府の挨拶に伺って以来のことである。

（お屋敷は、いやだなぁ）

正直言って、正寔は気が重かった。

どうせ普請場での一件を詰問された上、説教されるだけのことだろう。なにも屋敷まで呼びつけず、ご城内でちょっと顔を合わせたついででもよいではないか。

（とはいえ、このところずっと、登城されておられぬのだったな）

そのことに気づくと、益々行くのがいやになる。

問題は、意次が登城していないその理由なのだ。そのため、

「あの天鵞絨(びろうど)のお着物でなくてよろしいのですか？」

無神経に問うてくる絹栄のその小娘のような声音にも苛立った。

「喪(も)があけたばかりの家に、あんな派手な出で立ちで行けるわけがないだろう」

だが、辛うじて堪え、かんで含める口調で正寔は言った。

「申し訳ございませぬ」

絹栄は真っ赤になって項垂(うなだ)れた。素直な反応は、やはり育ちのよさ故だろう。

「まあ、仕方あるまい。田沼様のご不幸は、唐突(とうとつ)なことでもあり、儂も未だ実感が湧かぬ」

己と絹栄の両方を慰めるように言い、黒い単衣(ひとえ)の紋服に着替えた正寔は自邸を出た。

（よりによって、こんなときに呼び付けられたくなかったなぁ。登城される気力がないというのもわからぬではないが……）

約一年ぶりに訪れる田沼家の邸内には、ほぼ正寔が予想していたとおりの雰囲気が漂っていた。

少なくとも、正寔が何度か訪ねたことのある田沼屋敷とは、全く別の屋敷としか思

えない。

田沼意次は、側用人時代、相良藩二万石の藩主に取り立てられ、その後侍従、老中格から老中に出世すると、五万七千石まで加増された。歴としたお大名である。

いわば、大名家の上屋敷なのだが、これまで何度か訪れたことのある田沼邸には、そういう格式張った雰囲気はあまりなく、驚くほど開放的であった。

そのせいか、市井の発明家である平賀源内のような者が屡々出入りし、仙台藩の藩医である工藤平助が、己の意見書を気安く献上しに来たりもする。

意次の開明的な思想が、そういう明るい風を屋敷内に吹き込ませ、それはそのまま、田沼家の家風ともなっていた。

だが、いまは——。

門番から、取り次ぎの中間、用人にいたるまで、皆一様に暗くうち沈んだ顔つきをしていた。

正寔とは、田沼家に出入りしはじめた頃からの顔見知りで、顔を合わせるたび、気軽に世間話をする仲の側用人・潮田内膳も、

「お待ちでございます」

案内する際、短く告げたきりで、一切無駄口をきこうとはしなかった。

それが、大名家の本来あるべき姿かもしれないが、一抹の寂しさは禁じ得ない。

意次の待つ書院に通され、ひと目老中の顔を見るなり、

（………）

正寔は絶句した。

齢六十六。確かに老齢ではあるが、昨年この同じ部屋で会ったときとは、別人のように老け込んだ老爺が、そこにいた。

（これは――）

あれから、十年の歳月が流れたのではないか、と錯覚せずにはいられぬほどの甚だしい老い方で、なにやら体も、ひとまわり小さくなったように思える。

だが、正寔を、声もだせぬほど仰天させているとは夢にも思わず、意次は意次で、正寔の顔を見るなり、

「だから、あれほど言うたであろうが」

厳しい口調で彼を叱責した。

「何故そちは、素直に儂の言うことがきけぬのじゃ、長州ッ」

口調こそは、雷鳴の轟くが如き力強さだが、その顔色は、病人のように鈍くくすんでいる。

無理に奮い立たせている様子が、正寔には痛々しく見えた。

「畏れ入りまする」

正寔は仕方なく応え、両手をついて平伏した。正視に堪えきれず目を伏せるには、それしか方法がなかったのだ。

三月、意次の嫡子・意知が、ご城内で、佐野政言という旗本に斬られて命を落とした。

意知は、この直前、田沼家の上屋敷から中屋敷に居を移していたが、遺骸は新居に運ばず、意次のいる上屋敷へ戻された。

佐野政言は、三河以来の譜代で、代々番士を務めてきた家の六代目当主である。安永二年に家督を継ぎ、安永六年に大番士、その翌年には新番士に任じられていた。

佐野政言が、何故凶行に及んだか。家系図を奪われたことへの怨恨、賄賂を送ったのに望む官職を得られなかったことに対する逆恨みと諸説あるが、はっきりしたことはわからない。

わからぬまま、それ以上厳しく詮議されることはなく、「乱心」で片付けられた。

政言は切腹。佐野家は断絶となった。

田沼親子にとって不幸だったのは、この後世間が、佐野政言を、「世直し大明神」

と讃え、恰も、斬られた意知が悪者であるかのような世評がたてられたことである。

そのせいか、佐野家は断絶となったが、その累が一族縁者にまで及ぶことはなかった。

親として、子を喪うだけでも充分悲しいというのに、その上これほど理不尽な目にあわされるとは、意次には思いもよらなかったろう。

意知の葬儀には、もとより正寔も参列しているが、弔問客の数は半端なく、焼香もほんの一瞬であったため、意次と言葉を交わすこともなければ、その顔をろくに見ることもなく退散している。

「刺客に命を狙われたそうではないか」

「いえ、狙われたなどと、そんな大袈裟なものでは……大方、食い詰めた浪人者が、物盗りか強請り目的で襲ってきたのでございましょう」

「相手はかなりの手練れであったと聞いているぞ。助太刀する者がなければ、そちとて危うかったのであろう」

「…………」

「それというのも、余計なことばかりするからじゃ。…あれほど、なにもせずに遊んでいろ、と言うたであろう。それを、視察と称してあれこれと嗅ぎまわり、懸案書にはなかなか印を捺さぬ、と言う。何故じゃ。何故そちは、そうなのじゃ」

言い継ぐうちに、意次の口調から次第に厳しさが消え、

「なにもせずとも、そちはじきに勘定奉行じゃぞ」

疲れきった老人の世迷い言と化してゆく。

「ご老中」

たまりかねて正寔は顔をあげ、意次を見た。

「なんじゃ」

「あの刺客は、別儀にて、それがしを狙ったのでございます」

殊更に、明るい表情をして正寔は言った。

「なに?」

「作事奉行として、それがしが為したることとは、なんら関わりのなきことでございます」

「なんじゃ、その別儀とは?」

意次は当然訝る。

「実は――」

と些か勿体ぶった口調で正寔は切り出し、しかし、考え込む風情をしてしばし口を

閉ざした。

「なんだ？」

案の定意次は苛立ち、先を促した。

「実は、昨年江戸に帰府いたします途中、御岳山の山中にて、四人の刺客が、一人の武士をよってたかって斬殺するところに出くわしましてございまする」

「なんだと？」

「その折には、見られたことに慌てふためき、逃げていったのでございますが、後日改めて考え直し、それがしの口から悪事が露見することを恐れたのでございましょう。それ故それがしの身許をさぐり出し、それがしの口をふさぎにきたものと思われます」

「待て、長州――」

途中まで呆気にとられて聞いていた意次だが、ふと厳しい表情になり、正寔の言葉を遮った。正寔はその語気の強さに気圧された。深い悲しみの淵にある老人とはいえ、そこは、腐っても天下の老中である。

「そやつらは、何故見ず知らずのそちの口から、悪事が露見すると思うたのじゃ？慌てふためいて逃げるような輩が、執念深く追ってくるかのう？　追うとすれば、追うだけの理由があるからじゃ」

「………」

「それに、長崎から江戸に戻るのに、何故御岳山の山中などに足を踏み入れる必要がある？　海路にて戻ればすむ話ではないか」

「それはその、折角(せっかく)の機会ですから、できる限り諸国の様子を見聞しておこうと思いまして……」

「図に乗るな、長州ッ」

「ははっ」

不意に頭ごなし怒鳴りつけられ、正寔は本気で畏れ入る。

「たかが奉行の分際で、諸国を見聞だなどと、僭越(せんえつ)千万。自儘(じまま)が過ぎるぞッ」

「畏れ入りましてございまする」

「仮に、先日の刺客が、そちの申す者たちだったとしても、そちがいらぬことに首を突っ込んだからにほかなるまい、長州」

「………」

正寔は気まずげに口を閉ざすしかなかった。これはどう考えても、いい加減なことを言って天下の老中を煙(けむ)に巻こうとした正寔のほうが悪い。それ故の気まずさであり、沈黙だった。

「のう、長州」

黙り込んだ正寔に、しみじみとした口調で意次は呼びかける。

「もう、よいではないか。そちもよい歳じゃ。……なにもせずとも、この後の出世は約束されておる」

正寔はふと顔をあげて意次を見返し、そして再び絶句した。

「いつまでもそんなこと続けていると、何れ、殺される」

意次の両目には、いつしか涙が溢れている。

「意知のように、殺されるぞ」

「ご老中」

「よいか、長州、殺されてからでは、遅いのだ」

涙ながらに言い募る姿は、最早十年以上その地位で辣腕をふるってきた老中筆頭のものではなく、ただ我が子を喪った悲しい父親でしかなかった。

「そちが殺されて、遺された家族はどう思う？　妻や子が、嘆き悲しむとは思わぬのか？」

「ご老中」

思わず目を背けたくなるほど弱々しいその風情に、正寔の胸は痛んだ。

正寔とて、子を持つ父親である。己の子が、ある日突然、理由もわからず理不尽に命を奪われたとしたら、気も狂わんばかりに悲しむことだろう。意次の気持ちはよくわかる。それ故、

「それがしは、殺されませぬ」

真っ直ぐ意次を見返して、強い口調で正寔は言った。

「だが、長州──」

「それがしは、大丈夫でございます」

意次の言葉を遮り、正寔はなお断固として言い切った。

「それがしは、絶対に殺されたりいたしませぬ。ご老中に誓って──」

正寔の言葉を、果たして意次は、なんと思って受け止めただろう。いつもの彼の、他愛ない軽口とでも思ったろうか。

「ぬけぬけと、よくぞ申せるものじゃ」

はじめて微かに口許を弛めたが、それは微笑というにはあまりにはかなく悲しい笑顔であった。

田沼家を辞去してから、正寔はしばらく、外堀に沿ってぼんやり歩いた。

季節柄、風の吹かぬ堀端を歩いていると、薄く汗ばむ。

その足で出仕することも考えたが、頭では行こうと思うのに、どうしても足が城には向かなかった。ぼんやり考え事をしたままで、

「新八」

足音どころか、気配すら消して付き従っている若党を、ふと呼んだ。

「はい」

「いたのか」

ほんの二、三歩後ろから聞こえた新八郎の声音に、自分から呼びかけておきながら、正寔は僅かに驚く。

「お前、歳はいくつだ？」

「十八になります」

既に身近に仕えるようになって一年近く、はじめて年齢を問われる違和感を気にすることなく、新八郎は答える。

「そうか。若いな」

思わず口走ってから、その発言のあまりの愚かしさに、正寔は自ら辟易（へきえき）した。

久しぶりにお目にかかった老中が、あまりにも弱々しく覇気のない存在になってしまった。それ故、ひどい無力感に襲われ、茫然としている。

(あれほど剛毅なお方でも、あのようになられるのか。だとしたら、我が子を喪うとは、なんと悲しくつらいことか)

と改めて気づかされるとは、自分がいままでどれほど無知であったのかを思い知らされる。

(いい歳をして、人の気持ちもろくにわからんとは、我ながら、情けない……)

「殿――」

途方に暮れんとする正寔の耳許に、新八郎がそっと呼びかけた。

それで漸く、正寔も我に返る。

背後にゆっくりと迫る気配があることを、新八郎は告げようとしていた。

「うん」

それに気づいて、正寔が小さく頷いたとき、

「卒爾ながら――」

背後から、声をかけられた。

「柘植長門守様とお見受けいたしまする」

「如何(いか)にも」

仕方なく、正寔は応じた。

新八郎がなんの反応もしていないということは、即ち相手から危険が感じられないということだ。

正寔は無防備に振り向いた。

黒紋服の壮年の武士が、小さく頭を下げて立っている。年の頃は正寔と同い年くらいか、或いは少し上。間違っても冗談など通じそうにない、生真面目そのものの顔つきをしている。

「貴殿は？」

「故あって、名乗ることはできませぬ」

表情を変えずに武士は答えた。

その答えを内心忌々(いまいま)しく思うものの、さほど警戒心を抱かなかったのは、相手に僅かの害意もないと正寔にも知れていたためだろう。

「ご無礼を承知で、お願いいたします。これより、それがしとご同道いただけませぬでしょうか」

「何処へ？」

「それがしの、主人の許へでございます」

眉一つ動かさず答える男の冷静さに、内心正寔は舌を巻いた。

得体の知れない男が不意に目の前に出現し、何処ともわからぬところへ一緒に来てほしい、と言う。そんな男に従う義理はない。断って当然だし、或いは、

「ふざけるなッ」

と、一刀両断されかねない。

それを承知で、臆面もなく己の希望を通そうとする。これはこれで、なかなかのもののふと言えぬこともないだろう。

少なくとも、正寔ならば、そんな報われぬ役目はご免である。

「名乗りもせぬ、当然主人が誰かも明かさぬ。…そんな御仁と同道せねばならぬ理由が、当方にあるのかな?」

正寔は意地悪く聞き返した。

しかし相手はビクともしない。

(これは、相当なご大身の家の用人だな)

と正寔は予想した。

無表情で口数が少なく、だが断固として動じない。大名家の側用人などには、こう

いう男が多い。

相対していると、無言の圧力をかけられているようで、次第に息苦しくなってくる。

「一応いま一度お伺いいたすが、どうしても、名乗ってはいただけぬのでしょうかな?」

その息苦しさに堪えられず、正寔は重ねて問うた。

「………」

「そして、その名乗らぬお方とともに、何処の何方ともわからぬご主人のもとへ、それがしはご一緒しなければならぬという――」

答えず、頭を下げたきりの男に向かって、正寔は更に言う。

無論男は答えず、姿勢も変えず、ピクとも身動ぎしない。

(まいったな)

石のように動かぬ男を相手に、正寔は困惑した。

「わかった。まいろう」

遂に正寔のほうが根負けした。

目の前のこの男にも、この男の主人にも、もとよりなんの義理もない。腕利き数人に囲まれ、刀を突きつけられているわけでもない。仮にそんな真似をされれば、もっと別の反応をしたであろうが。

無視して立ち去ることも可能であったが、もし正寔がそうしたとしても、この男は顔色一つ変えず、身動ぎもせず、そうして同じ場所に同じ姿勢で佇み続けるのではないかと思わせる不気味さがあった。

その不気味さに、正寔は、負けた。

「では、どうぞお乗物に――」

男が促す先には、いつのまにか、立派な黒塗りの大名駕籠が用意されている。陸尺（担ぎ手）の人数は全部で八名。勿論、無紋のお忍び駕籠だが、陸尺の人数を見れば、それが国持大名の乗物であることは明らかだった。

（駕籠か）

正寔は露骨にいやな顔をした。

乗物は苦手である。と言うより、命を狙われている人間にとっては非常に危険だ。逃げ場のない小さな乗物の中では、間合いの外から長槍などで突かれればひとたまりもない。それ故正寔は、平素から決して乗物を使わなかった。

だが、この場合は、何処へ向かうか、その道順を正寔に知られたくないための用心だから、苦手と言っても許してはくれないだろう。正寔は仕方なく駕籠に乗り込んだ。

「お供の方は、どうぞお駕籠の脇へ――」

乗り込む際、武士が新八郎を促す声が聞こえてきた。正寔を安堵させようという配慮であろう。

二

駕籠からおりると、そこは、思ったとおり既に大名屋敷の邸内だった。

「お供の方は、これにてお待ちを――」

男の指図で、新八郎は駕籠の側に留められた。

駕籠には、半刻あまりも揺られていた。神田橋御門外の田沼屋敷から、半刻あまりということは、相当郊外に来ている筈だ。途中何度か、聞き覚えのある寺の鐘の音を聞いた。九ツ過ぎには田沼家を辞去している。

（とすると、そろそろ八ツか）

昼餉（ひるげ）を食していないため、軽い空腹を感じはじめている。

（食事が饗されるようなことはないのだろうなぁ）

思いつつ、先導されるままに庭園内を進み、やがて茶室のようなところへ通された。

（茶か）

正寔は少しく落胆した。しかし、お茶菓子くらいは供されるかもしれない。

（菓子では腹の足しにはなるまい）

正寔は冴えない顔つきで身を屈め、躙り口から中に入った。

湯気のたちのぼる茶釜の前――亭主の席には、既に黒羽二重の羽織を着た若い武士が座っている。

正寔は、黙って亭主の前に正座した。直視するのは無礼であろうと思い、目を伏せてそっと盗み見る。年の頃は二十代半ば。端正な顔だちに、育ちの好さが滲み出ている。

点前をたてる手つきも物慣れた見事なもので、正寔は内心舌を巻く。

（血筋が血筋だからな）

亭主の正体については、ここに来るまでにも薄々想像していたが、その想像は本人をひと目見た途端確信に変わっていた。

それ故、亭主が茶碗を、無言で正寔の前に置いたとき、

「頂戴いたします、上総介様…いや、いまはもう越中守様でしたか」

軽く頭を下げつつ、落ち着いた口調で挨拶を述べた。

「………」

若い亭主は、そのとき微かに瞬きをした。だが表情は変えず、

「さすがじゃのう、長州」

僅かに口許を弛めて言った。

端正ではあるが、善人か悪人か、ちょっと見わかり難い顔つきの男である。

「遠国奉行は、任地と江戸を一年おきに往復すればよいとはいうものの、そちは殆ど、余の顔を見知っておるまい」

「御乗物を担ぐ陸尺の方々、揃いの黒羽織に脇差を差しておられた。陸尺にして脇差を用いることを許されているのは、将軍家と御三家、そして御三卿の御乗物を担ぐ者に限られます」

「だが、余は、御三家でも御三卿の家の者でもないぞ」

「はい。御三卿の御乗物を許されながら、同時に国持大名でもあられるお方は、松平越中守さま以外、おられませぬ」

自信たっぷりに応えながら、だが正寔は、彼には同腹の兄がいて、その兄もまた譜代の大名家の養子になっているので、内心ヒヤヒヤしていたが、

「………」

幸い、相手はなにも訂正してこなかった。訂正しないということは、即ち正寔の勘が当たっていたということだ。

それでつい調子に乗り、

「お忍び駕籠に、いくらなんでも、脇差の陸尺は不似合いでございますよ、越中守様」

狎れ口をきいた。

「ふん。見かけによらず、細かい男だな」

亭主はさすがに、渋い顔をする。

「畏れ入ります」

正寔は慌てて頭を下げた。

「よいから、早く飲め」

その頭上に視線を注ぎつつ、

「折角の茶が、冷めるぞ」

やや不機嫌な口調で亭主は言った。

正寔は黙って茶碗を手にとり、作法どおりひと口ふた口と茶を喫する。

(菓子がほしいな)

ぼんやり思ったとき、

「松平定信じゃ。見知りおけ」

亭主――松平越中守定信が、静かに名乗った。

松平定信。八代将軍吉宗の孫にして、陸奥白河藩藩主。幼少期より、英明との評判が高く、何れは病弱な兄に代わって田安家を継ぎ、更には将軍家の後継者としても嘱望されていた。それが、安永三年、唐突に久松松平家の庶流・白河藩主・松平定邦の養子とされた。一説には、田沼意次の差し金とも言われている。

「柘植長門守正寔にございます」

飲み干した茶碗を畳に置いてから、正寔も名乗り返す。勿論、そんな必要はないと承知した上で。なにしろ相手は、名指しで自分を呼び付けているのだ。

「噂に聞いていたとおり、不遜な男だのう。それに、油断がならぬ」

定信の表情が、漸く和らぐ。

「畏れ入ります」

「嘘をつけ。それが、畏れ入った男の顔か」

「…………」

「だが、嫌いではない」

と定信は言い、正寔が置いた空の茶碗を取り上げると、再びそれへお湯を注ぎはじめた。どうやら二杯目を点てたてくれるつもりらしい。

（いやだなぁ）

それを見て、正寔は内心眉を顰めている。

甘いお茶菓子でもあるならともかく、茶ばかり飲まされるのはかなわない。

だが、正寔の内心とは関係なく、やがて二服目の茶が彼の前に置かれた。

（これを飲み干したら、三杯目が出てくるんじゃないのか）

と思うと、飲むことが躊躇われた。

「どうした？」

躊躇う正寔を、怪訝な顔で定信が見つめる。

「頂戴いたします」

正寔は仕方なく茶碗を手にとり、二杯目の茶を飲み干した。その姿を満足げに眺めていた定信は、だが、もう点前を点てる様子はみせず、

「ときに長州、そちは田沼と心中でもする気か？」

不意に口調を変えて問う。

「は？」

「山城守が殺されてから、田沼の力はめっきり衰えておる。そちほどの目利きが、それに気づかぬ筈はないな」

「………」

「しかるにそちは、いまだ田沼にすり寄っておる。何故じゃ？」

「はて、何故と言われましても、それがしは別にご老中にすり寄っておりませぬ」

「では、奉行にしてもらったことを恩義に感じておるのか？　そんな必要はないぞ。そちほどの才があれば、誰でも用いよう。もとより、余も用いる」

「畏れ入ります、越中守様」

正寔は仕方なく礼を述べる。

しかし、困惑は隠せない。田沼屋敷を訪問した直後を狙って、突然呼びつけられたその理由をぼんやり推察することはできたが、こうも直截的にこられるとは、思わなかった。俊才との噂は聞こえていたが、育ちのよさ故なのか、あまり人の気持ちなど考えず、己を恃んですべて思いどおりにしようとする人物のようだ。

（こういう男は要注意だ）

正寔は内心気を引き締める。

「そちが作事奉行の職に就いてから、ご城内の普請がめっきり減った、と聞いている。

自ら普請場に出向き、検分しているそうじゃのう」

「はい」

「諸国に飢饉が広まっているいま、無駄遣いをすべきではない。……田沼のやり方では、最早幕府の財政難はどうにもならぬ。そちもそう思わぬか？」

「さあ…それがしには、なんとも。……天下のご政道について、それがしなどがとやかく言える立場ではございませぬ」

「だが、無駄な普請を禁じれば、当然、下役人と下請けのあいだで交わされる不正な金銭のやりとりも同時に禁じられることになる。そちのしていることは、立派に天下のご政道を正しておるのだ」

「しかし、無駄と思われる普請でも、適度に認めてやらねば、仕事にあぶれる者がでてしまいます。不正な金銭のやりとりも、貧乏御家人にとっては貴重な収入源でございますれば、あまり厳しく禁じますと、彼らは皆、餓えてしまいます」

「なるほど、それでそちは、無駄と思える普請でも、三度に一度は認めていたわけか」

　何気ない定信の言葉に、正寔はヒヤリとする。

（一体どこまで調べあげているんだ）

正直悲鳴をあげたくなる。声がでなかったのは、空きっ腹のせいに他ならなかった。

「山城守の死は不運であったが、しかし、それは天命じゃ」

と定信は言う。

彼が言う山城守とは即ち、佐野政言に斬られて横死した若年寄・田沼意知のことにほかならない。

「山城守を斬った佐野は切腹、佐野家は断絶した。だが、縁者に累は及ばなかった。これ即ち、それが天命であったことの証しであろう」

「………」

正寔にはなんとも返答のしようがなかった。というより、その件について、迂闊に言葉を漏らすことを避けた。

これまでの経緯からいって、定信は田沼意次を憎み嫌っている筈だ。そこまでの激しい感情はなかったとしても、少なくとも、味方ではあるまい。それ故、田沼派と思しき正寔の日常に目を光らせていた。

「だが、世の中には、そう思わぬ輩もおる」

（え？）

真剣味を帯びた定信の視線がいつしか真っ直ぐ自分に注がれていることに気づき、

正寔は内心戦いた。

「腹を切った佐野の縁者を逆恨みし、つけ狙う者がある」

「まさか」

正寔は思わず口走る。定信はそれを咎めず、

「ここからが本題じゃ。実はそちに、折り入って頼みがある」

己の言いたいことを言い続けた。

「何でございましょうか」

とは、正寔は問い返さず、

「その前に、一つよろしいでしょうか？」

と一応断りを入れてから、

「ご無礼を承知で伺います」

更に念を押した。

「なんじゃ？」

これまでの彼との会話で正寔の気性がわかってきた定信も、この執拗さには少々辟易したようだ。

「山城守様暗殺を企てたのは、越中守様でございますか？」

「………」

　定信はさすがに一瞬間絶句した。

　僅かに眉間を険しくしたので、てっきり激昂されるものと思ったが、ふと相好をくずし、

「ふはははは……」

　声をたてて哄笑した。

「たわけがッ」

（本当に笑っているのか？）

　正寔が疑ったほど、その笑いは凄まじく激しいものだった。

「余を、誰と心得る？」

「有徳院様のお孫様にございます」

　鋭く問われて、正寔は思わず、定信が最も喜びそうな答え方をした。

　それが意外だったのか、定信はしばし言葉を飲み込み、正寔を見返した。すっかり毒気を抜かれた顔で――。

「わかればよい。……そちに頼みたいこととは他でもない――」

　やがて定信は、気を取り直して再び口を開いたが、その口調は、この茶室ではじめ

て正寔と言葉を交わしたときとは別人のようだった。

三

白河藩の下屋敷から辞去する際、乗物で送ると、例の無表情な用人から言われたが、勿論断った。

「なれど、こちらからですと、お屋敷まで、少々遠うございますが」

下屋敷は、大木戸の外、内藤新宿の入口近くにあった。それ故、本所三軒町の柘植家の屋敷までは、確かに少々距離がある。

「なぁに、折角ここまで参ったのもなにかの縁。散歩がてら、新宿女郎の顔でも拝んで帰ります故、ご心配めさるな」

こともなげに正寔は言い、新八郎を伴って屋敷の外へと歩き出した。

大木戸から一歩外へ出ればそこはもう江戸ではないと言われている。だが、場末であるため、広大な土地を所有できることから、このあたりには、御三家や御三卿の下屋敷が存外多い。数寄を凝らした庭園を作らせ、別荘として使用しているのだ。

(このあたりも変わらぬなぁ)

用人にはああ言ったものの、正寔はそそくさと大木戸をくぐり、帰路を急いだ。

「新八」

半歩から一歩後ろをついてくる新八郎に向かって、前を向いたまま、問いかける。

「はい」

「江戸には、もう慣れたか？」

「はい、なんとか。来た当初は、あまりに人の数が多く、往生いたしましたが」

「そうか」

一年も経つのだから、当然だろう。

「たまには、何処ぞへ遊びに行ったりするのか？」

暗に、岡場所のようなところへ出入りしているのかを問うたつもりだったが、

「はい、浅草の観音様に飛鳥山、不忍池と、ひととおりの名所は。……それに、今年は回向院の相撲見物にも行かせていただきました」

「なに、相撲だと！」

あまりに健全すぎる新八郎の答えに、正寔は寧ろ戸惑った。十八の男子が、そんなことで大丈夫なのか、と心配になる。正寔とて、二十歳を過ぎて絹栄を娶る以前は、ひととおりの遊びを経験している。

(さては、「悪所へ出入りしてはいけない」と、女房殿に諌められているのだな)

と思い至ったが、

(しかし、丸山も知らぬ女房殿が、そんなことを言うかな)

すぐに、思い返した。

「お前、酒は飲まんのか?」

「生憎、不調法で……」

「飯はどうだ? 外で、飯を食うことはあるだろう?」

「朝夕お屋敷でいただいておりますので、外食は殆どいたしませんが……」

「相撲の帰りに、蕎麦くらい食わんのか?」

「はい、それくらいでしたら」

「なら、そこへ儂を連れて行け。蕎麦屋でも一膳飯屋でもなんでもよい」

「これから、でございますか?」

「ああ、これからすぐだ」

戸惑う新八郎に、些か勢い込んで正寔は迫る。兎に角、腹が減っている。

「なれど……」

「なんだ? なにか差し障りがあるのか?」

「そのお召し物では、ちょっと……」

「ああ……」

新八郎に指摘されて、正寔は漸く、いま己が立派な紋服姿であることを思い出した。立派な身なりの大身旗本が、いきなり町場の飯屋にフラリと立ち寄っては、おそらく先方が迷惑に思うだろう。

（そういえば、今日はご老中のお屋敷へ参上したのだったな）

重ねて、そのことも思い出す。

改めて思い出さねばならぬほどに、狭い茶室で松平定信と過ごしたひとときがあまりに強烈過ぎた。

（それにしても腹が減った。こんなことなら、忍び駕籠で送ってもらえばよかったか）

強烈な定信の印象と大いなる空腹感を抱えたまま、正寔は結局一刻以上も歩いて自邸に帰らねばならなかった。自邸には料理上手の愛妻がいて、望めばなんでも作ってくれる。それをよすがに、極限の空腹の中、正寔は歩いた。

（ああ、食うた）

絹栄が作ってくれた芹(せり)の雑炊(ぞうすい)を腹一杯食べたあと、正寔はしばし居間で寛(くつろ)いだ。

満腹故の至福を味わっているあいだは、定信から託された「頼み」を忘れていられる筈だったが、どうやらそうもいかぬようで、脇息(きょうそく)に凭(もた)れて、ついうとうとしかけたとき、

「余を誰と心得る？」

笑っているとも怒っているともつかぬ定信の顔が、不意に脳裡に現れた。

（おおっ）

正寔は画然(かくぜん)、そのことを思い出す。

「佐野政言の縁者に、村上義礼(むらかみよしあや)という者がおる。存じておるか？」

「はい。政言の義兄・大学(だいがく)でございますね」

「うん。政言の妻とその遺児は、佐野家断絶ののち、実の兄を頼って村上家に身を寄せておる」

淡々と述べたのち、

「その妻と遺児を、山城守の仇(かたき)と逆恨みし、兄である大学ともども、つけ狙う者がある」

と容易ならぬことを言い出す。

「一体、何処の誰が？」

「田沼の手の者に決まっておろう」

「しかしご老中は、山城守さまを亡くされた悲しみですっかりお心弱くなられ、そのようなことを企む覇気もないように思われますが」

思わず正寔が言い募ったのは、田沼を庇ってのことではなく、掛け値なしの本音であった。それは、定信にも伝わったのだろう。

「田沼自身はそうかもしれぬが、田沼の家の者たちはそうではなかろう。主人を殺され、怒り心頭に発している筈だ」

「そうでございましょうか」

「村上大学が狙われているのは事実なのだ。つい先日も、蟄居中の村上家に押し入ろうとする賊があった。余の手の者をつけておかねば、家族皆殺しにされていたかもしれぬ」

「なんと……」

「頼みというのは他でもない、その大学を、妹と佐野の遺児ともども、護ってやってくれぬか、長州？」

「え？」

正寔はそのとき耳を疑った。

定信の頼みとは、てっきり、田沼を見捨てて、今後は自分につけ、という権柄尽くの誘いだとばかり思っていたのだ。

「そちの手で、護ってやってほしい。この役目、そちにしか頼めぬ」

だが定信は、実のある口調で懸命に言い募った。

「何故、それがしなのでございます？」

正寔は問い返した。

「そちには、特別な力がある」

「………」

「柘植家の祖は、信長公の縁者ということになっておるが、そうではあるまい？」

「な、何故それを……」

「そなたは、御神君家康公の伊賀越えを助けた、と言われる伊賀者の後裔だ。違うか？」

「畏れ入ります」

正寔は否定しなかった。

ご先祖様が、折角子孫のために捏造してくれた家系図を、あっさり捨てた。そうするのが、出自を鼻にかけて些か傲岸なところはあっても、出自も賤しく身分も低い自分のような者に、腹の裡を明かしてくれている定信に対する礼儀だと思ったからだ。

「なればこそ、長州、そなたは伊賀者の技を身につけていよう」

「………」

「先日、四ツ谷御門の普請場で刺客に襲われた折、見事な為様で賊どもを返り討ちにした、と聞いている。だが、そなたは、子供の頃から通った道場の流儀では、目録すら得ていまい」

事実を突きつけられて、正寔は焦った。まさか、そこまで調べあげていようとは。

「とすれば、そなたの剣の腕は、道場で身につけたものではない。……詳しくは知らぬが、伊賀者の技を身につけているのであれば、まともな武士には思いもよらぬ働きができるのではないか」

「それがしのことを、とことん調べあげておられるようですが、それがしの年齢だけはご存知ないようですな、越中守様」

「なに？　そちは確か、享保二十年の生まれ故、今年で――」

「五十でございます」

正寔は主張した。本当は、四十九だが。

「もう、若い頃のような働きはできませぬ」

「謙遜するな。刺客を返り討ちにしたばかりではないか」

「あれは、たまたま通りかかった存じ寄りの者が助太刀してくれたのでございます」

「では、できぬと申すか？」

「………」

「そなたなら、きっと引き受けてくれると、信じていたのだが」

「越中守様」

「弱き者たちを、見殺しにできるそなたではあるまい、長州」

「お約束はいたしかねます」

たまらず正寔は訴えた。

「お約束はいたしかねますが、この長州、我が身に代えても、大学殿とその妹御を、お守りいたしましょう」

つい、口走ってしまったその瞬間、己の息子ほどの歳の者にまんまと言いくるめられてしまったことを、正寔は知った。

「よう言うた、長州」

間髪容れず、定信は膝を打って喜んだのだ。

「それでこそ、余が見込んだ男だ」

（なんで見込んだんだ？）

正寔は泣きたくなった。

泣こうがどうしようが、一旦承知してしまった以上、如何ともし難い。

四

村上義礼。

その父は、元々御三卿清水家の家老だったと言う。

言うまでもなく、定信の父は、吉宗の次男・徳川宗武だ。清水家と同じく御三卿・田安家の祖であるから、定信にとっても、些かの縁がある。

それで余計に他人とは思えなかったのかもしれないが、義礼の父は、この頃には既にお役ご免となっており、家督を継いだ義礼自身も、無役であった。

いつまでも無役のまま捨て扶持をもらっているわけにもゆかず、そろそろなにか職を得るべく任官活動しようとしていた矢先、義弟の事件が起こった。

妻の弟である佐野政言が、あろうことか殿中で刃傷沙汰を引き起こし、若年寄を手にかけて切腹した。連座して罰せられてもおかしくない間柄であるにもかかわらず、何故か、お咎めなしだった。

凶行の理由が「乱心」である以上、連座の罪を問うことはできなかったのだろう。

だが、大切な嫡男を殺された田沼側は、気がおさまらない。

意次自身はともかく、家臣たちのあいだには不穏な空気が流れているらしい。

(四六時中見張るには、近くに家を借りねばならんが——)

愛宕下飯倉町にある村上邸は、御先手組組屋敷のすぐ向かいにある。村上家の周囲をぐるりと一周してみて、見張りの場所は、やはりその組屋敷しかない、と正寔は確信した。

「希望があれば、なんなりと申せ」

と、定信は言ってくれた。

組屋敷の中の空き部屋を一時的に借りるくらい、定信には容易いことだろう。

だが、問題は肝心の見張り役である。

正寔自身は作事奉行の職務があるから、到底無理だ。勿論、病を理由に一日二日休んだとしても問題ないが、十日半月、となれば、話は別だ。それに、いま長期休暇を願い出れば、先日の刺客の雇い主を喜ばせることになる。即ち、やりたい放題の「びいどろ奉行」も、己の命は惜しいのだと、思われてしまうのが、なによりも心外だった。

（それだけは、いやだ）

それ故正寔は、襲撃の後も、さあらぬていで出仕して、いつもと同じ調子で普請場の視察をおこなっている。刺客を差し向けた者は、歯嚙みして悔しがっていることだろう。そちらのほうも、何れ炙り出し、鉄槌を下してやらねばならない。

そうなると、村上大学のほうは、誰かに見張らせねばならないが、

（六兵衛は未だ戻らぬし……）

最も適任と思われる伊賀忍者・《霞》の六兵衛は、御岳山中の刺客を追っていったきり、一年経っても戻ってこない。

（考えてみれば、如何に矍鑠たる翁といえど、六兵衛も老齢だ。その老人に、無茶な役目を言いつけてしまった。或いは、六兵衛は帰らぬかもしれぬ）

正寔の心はキリキリと痛んだ。

それでいて、あの老人が命を落とすということが、どうしても現実味を帯びてこない。正寔や正寔の息子が死んでも、まだ生きているのではないか、と思えるのだ。

（仕方ない。新八に暇をとらせて、見張りにつけるしかないな）

閉門したきり、人の出入りする様子のない村上家の前を、二度ほど行き来したところで、正寔はそう心を決めた。

まさにそのとき――。

隣家の塀と塀の間、人一人がやっと通れるほどの狭い通路へ、二人の男がコソコソ入っていくのが目に映る。通路を抜ければ、そこは村上家の勝手口だ。町人風体の男たちだが、出入りの物売りが、頼まれた品を届けに来たという風情ではない。

（すわ――）

反射的に正寔は走った。

「殿、それがしが屋敷内を横切り、背後にまわり込みまする」

その耳許に囁くが早いか、新八郎の体が一陣の疾風と化し、板塀の上を越えて邸内へと消える。

日没までにはまだときがある。人通りは少ないが、人目を避けて悪さをするには、まだ早い頃おいだ。

男たちの姿が、仄暗い路地の奥へと消えるのを見届けてから、正寔も路地に飛び込む。男たちに気づかれぬよう、足音を消して走る。出口までの距離は、せいぜい六～七間。

（焦臭い……）

ものの焦げる臭いを嗅いだ、と思ったとき、正寔は男たちの意図を瞬時に覚った。

路地を走り抜け、勝手口に出ると、その場に屈み込んだ二人の男たちは、焚き付けの紙から、重ねた薪に火をつけようとしている。

「おい、お前たち」

正寔はたまらず声をかけた。

火が燃え移った薪を、彼らがどうするつもりなのか、わかりきっていたためだ。

「あっ」

男たちは揃って顔をあげ、正寔を見た。と同時に、男の一人は燃え上がる薪を掴み上げ、勝手口へと投げ入れている。炎を噴き上げて燃えさかる薪は、村上家の厨の外に積まれた乾いた薪の束に瞬時に燃え移った。

「あ、こいつめッ」

口走ると同時に、正寔はそいつに飛びかかり、胸倉を掴む。

「火付けは死罪だ、馬鹿者がッ」

叱責しつつ、恐怖に引きつるそいつの頬へ拳を叩き込んだ。年の頃は三十がらみ。如何にも町の小悪党といった人相の男だったが、正寔の一撃で悶絶した。

もう一人の男は、言うまでもなく逃げ出している。

正寔は地面に置かれた燃える薪を足で踏みつけ、火を消した。次いで、勝手口から中へ飛び込み、いまにも燃え上がらんとする薪の束を、咄嗟に脱いだ袖無し羽織で激しく払う。

バサッ、
と大きく弾かれた薪はその勢いで土の上を転がり、忽ち火の勢いを弱める。

飛び散った火の粉が、正寔の鬢を少しく焦がした。そこへ、

「殿」

逃げ出した男が通りに出るより早く先回りした新八郎は、そいつを捕らえて戻ってくる。身動ぎできぬよう、後ろ手にきつく腕をとられた男は、真っ青な顔で項垂れていた。

「早速番屋に突き出すか」

その顔色を窺いながら、正寔は内心ニヤリとほくそ笑む。

「おい、罪人が火焙りになるのを見物したことがあるか？」

恐怖に怯えた目で正寔を見返し、男は無言で首を振る。年の頃は、正寔に殴られて気絶した男とほぼ同じくらい。人相も、同様だ。

「生きたまま焼かれるってのは、どういう塩梅なんだろうなぁ」

「………」

「熱いと思うか？」

問われた男の目には、薄く涙が滲んでいた。

「それがなぁ、聞いた話だと、火の熱さを感じる前に、口や鼻に大変な量の煙が入ってきて、それどころじゃねえそうだ。熱い、と感じる前に、煙で息が詰まって死んじまうらしいぜ。よかったなぁ。生きたまま、てめえの体がジリジリ火で焼かれてるのを感じてる余裕はねえみてえだぜ」

嘲笑う正寔の顔が、その男には悪鬼のように映ったことだろう。

「どうだ、番屋に突き出されたいか？」

問われて、男は夢中で首を振った。

「なら、なんだってこんな大それた真似をしたのか、すべて話せ」

「は、はいッ。頼まれたんでございます」

「誰に？」

「見ず知らずの男です。…お、お侍でした」

「見ず知らずの侍に頼まれたくらいで、捕まれば死罪という危ない橋を渡ろうとしたってのか？」

「火を付けたら、三両やる、と言われました。俺たち、博打の借金があって……は、早く返さねえと、こ、殺されちまうんでさぁ」

「どんな男だ？」

「え？」

「お前たちに火付けを頼んだ侍だ。どんな男だった？　年格好は？　人相は？」

矢継ぎ早に正寔が問うていると、ふと厨口の戸が開いて、中から、馴染みの顔が現れる。

「三蔵兄？」

林友直は、そこに正寔の姿を認めると改めて驚いた顔になり、

「なにしてるんだ、こんなところで？」

重ねて正寔に問うてくる。

「お前こそなにをしている、半次郎」

憮然として、正寔は問い返した。

「なにって、裏口のほうがなんだか騒がしいって、家の小女が怯えるから、様子を見に来たんだよ。一体、なんの騒ぎだ、兄貴？」

「この家で一体なにをしているんだ？」

「用心棒に決まってんだろ。大学は命を狙われてるんだから」

「お前、村上大学とは昵懇（じっこん）なのか？」

「まあな」

「そうか」

友直の返答に、正寔は心ならずも脱力した。

最前まで頭を悩ませていた問題があっさり解決したことへの安堵感とともに、なにかが釈然としない。

或いは、友直の言うとおり、この男とのあいだには、矢張り目に見えぬ縁があるのかもしれないが、それを素直に認めるのもなんだかいやだった。

五

「なに、学問所の後輩だと？」

正寔は、そのとき思わず目を剝（む）いた。

「な、なんだよ、兄貴」

「大学はお前より十も年下だろう。よくもぬけぬけと後輩だなどと――」

「年が離れてたって、後輩は後輩なんだから、しょうがねえだろ」

理不尽とも思える正寔の指摘に、友直はさすがに顔を顰(しか)める。

「あいつは読書家で、古典も最近の本も、同じくらい読み込んでいる上に、己の独自な意見というものを、ちゃんと持ち合わせてる。これからの幕府には必要な男だ」

「それほど優れた男か？」

「ああ」

「お前よりも？」

「俺と比べても、しょうがねえだろ。土台俺は、役人になれるような人間じゃねえし」

「つまり、村上大学の才は、役人として大成するという類(たぐい)の才か？」

松平定信という、時期政権の座につくことを狙う野心家の若者が、何故村上大学という男を守れ、と自分に命じてきたか、それでなんとなくわかる気がした。

権力の頂(いただき)に立つ者にとって、最も欲しい人材は、即ち能吏(のうり)だ。将来の能吏として、大学の才を見抜いている定信の名伯楽(めいはくらく)ぶりに、正寔は舌を巻いた。

（そういうことか）

それがわかったことで、正寔は少しく胸のつかえがおりた。

定信のような男が、人としての「情義」だけで動くわけがない。そして、その理由が、己の利害しか考えぬものであれば、正寔は金輪際忌々(いまいま)しい若造の言うことなど聞かなかっただろう。

「で、兄貴はどうして、大学を気にかけてるんだ？　どう考えても、作事奉行の職分じゃねえよな」

「………」

正寔は一瞬答えを躊躇(ためら)った。

定信から課せられた任務を、幕臣でもない友直に易々と教えてよいものか。その迷いは、友直を信頼していないからではなく寧(むし)ろ逆で、彼を何処まで引き摺り込んでよいものか、その身を案じるが故の迷いであった。だが、

「大学は、やっぱり命を狙われてるんだな」

先に言われてしまうと、それ以上否定はできなかった。

「何故、そう思う？」

「天下の若年寄を殺した佐野大明神の身内が、なんのお咎めもなく、無事でいられると思うほうがおかしいだろ」

「なるほど」

正寔は納得した。

浅間山(あさまやま)の噴火や冷害による諸国の大飢饉などの天災が頻発していたせいで、このところ田沼親子の人気は頗(すこぶ)る悪く、意知を殺した佐野政言は、巷間(こうかん)「佐野大明神」と讃えられている。天災が生じたのは別に田沼親子のせいではないが、怒れる民にそんな理屈は通用しない。何事も、この世に起こる不都合は、すべて時の為政者のせいにされるのだ。

「で、兄貴はなんで、大学を？」

「俺は、さるお方から、密かに大学を守るよう命じられた」

考えた末に、正寔はそれを友直に明かした。

この先の展開を考える上で、矢張り友直には全面的に協力してほしい。そのためには、こちらの事情をある程度明かしておくほうがよい。友直は頼りになる弟分だ。だが、一本気な性格故、隠し事をされたり、まんまと利用されるようなことを激しく嫌う。

「大学を狙ってるのは、田沼なのか？」

正寔にそれを命じたのは誰か、とは追及せず、ただそのことだけを、友直は問うてきた。

「わからぬ」

苦渋に満ちた表情で首を振ってから、

「とにかく、あの男どもに火付けを命じたのが何者かわかれば、黒幕も自ずと知れるだろう」

正寔は断じた。

村上邸に火をかけようとしていた破落戸どもは、成功した暁、それぞれの住む長屋に、三両の報酬が届けられることになっている。だが、おそらく雇い主は、彼らの口からことが露見することを恐れて、二人を消そうとするだろう。それ故、男の一人に、新八郎をつけた。新八郎ならば、容易く雇い主の正体を突き止めるだろう。

しばらく村上邸の前で立ち話をした後、

「では、大学の用心棒は頼んだぞ」

そのまま立ち去りかける正寔を、

「おい、三蔵兄――」

だが、友直は慌てて呼び止めた。

「大学と会わなくていいのかよ？」

「ああ。会わぬ」

「どうして？」

「護るべき対象と顔を合わせ、その人柄を知ってしまっては、護りきれなくなるのだ」

という持論は、あえて口にしなかった。

ただ、

「この一件に片が付いたら、一杯やろう。大学も交えて。そのときまで、大学には会わずにおく」

とだけ、笑顔で告げた。

それで円満に立ち去れるものと思ったら、

「一杯やるって、まさか兄貴の家で、じゃねえだろうな？」

明らかに不満を湛えた顔で、友直が問い返してくる。正寔は当惑した。

「俺の家が、いやなのか？」

「ああ、いやだね」

ニコリともせず、友直は言い返す。

「どうして？　絹栄に、腕をふるわせるぞ」

「その絹栄殿が、いやだ」

「なに？」

正寔はいよいよ当惑せざるを得ない。

「絹栄のなにがいやなのだ。料理の腕は玄人はだしだぞ。我が家では、小者から下働きの小娘にいたるまで、絹栄の作る食事を与えられ、皆、歓んでおる」

「料理上手は認めるけどよう――」

「では、一体、何が気にくわん？」

「料理上手以外のすべて」

「なんだと！」

正寔はさすがに顔色を変えた。

人の女房をつかまえて、すべて気にくわないとは、どういう了見か。

「とにかく、一杯やるなら、俺の行きつけの店にしようぜ。…部屋住みの身分では、ご大身のお旗本のお屋敷なんて、肩が凝るだけさ。大学だって、貧乏旗本だから、俺と同じ気持ちだろうぜ」

正寔が声を荒げる前に言い捨てて、林友直はさっさと踵を返し、家の中に入ってしまった。正寔は、呆気にとられてその場に佇む。

勝手口の戸を後ろ手にピシャリと閉めつつ、

(気にくわねえのは、奥方の顔色ばっかり窺ってる兄貴のほうだぜ)

友直は、口にできない本音を胸の中でだけ反芻(はんすう)した。

正寔とは、身分も思想も全く違うが、不思議と馬が合い、長崎では交情をはぐくんだ。豪放磊落(ごうほうらいらく)で、義理にも人情にも篤(あつ)い正寔に、心底男惚れした。

しかるに、江戸の屋敷で会う正寔は、長崎奉行として辣腕を振るい、鬼のような容貌をした阿蘭陀商館のカピタンを一言で黙らせた柘植長門守とは、まるで別人のようであった。いい歳をして、鬱陶(うっとう)しいほど夫にまとわりついてくる妻に猫なで声で話し、ご機嫌をとっているとしか思えぬ正寔を見るのが、なによりいやだった。

だが、それは決して、口に出してはならないことだ。

(言わなきゃよかったな)

正寔に背を向けた瞬間には、もう後悔していた。

(怒ってんだろうな)

しばらく正寔の顔は見られない。

気が重かった。

（おのれ、半次郎め）

少しく腹を立てながら、正寔は帰路を急いだ。

長年連れ添った夫婦であるから、正寔とて、絹栄に対して幾多かの不満はある。

だが、それは絹栄のほうとて、同じだろう。遠国奉行という職務柄、家を空けることの多かった正寔を、或いは深く恨んでいるかもしれない。

しかし絹栄は、そんな不満など微塵もみせず、健気に尽くしてくれている。それだけで、充分有り難い女房なのに、その上毎日美味い料理を作り、正寔を歓ばせてくれる。

その自慢の女房殿の、一体なにが気に入らないというのか。

（これだから、いい歳をして独り者は、偏屈でかなわんわ）

考えるほどに、次第に怒りがこみあげ、家に着いたときには爆発寸前だった。

その極に達するかと思われたとき、

「おかえりなさいませ」

絹栄に迎えられ、すぅーっ、と嘘のように気が静まった。

（いかん、いかん。女房殿に険しい顔を見せるわけにはいかん）

そそくさと部屋に入り、留守のあいだに届いた書状に目を通していると、障子の外から、新八郎の声がした。

「殿」

障子をあけて、招き入れる。

「もう、戻ったのか」

と舌を巻く正寔の前に、きちんと膝を揃えて新八郎は座る。

「早かったな」

博打打ちの破落戸たちに火付けをさせようとした黒幕の正体を探るべく、新八郎は彼らの長屋へ向かったのだ。

「それで？」

「はい。猪太郎(いたろう)の長屋で待ち構えておりましたところ、件(くだん)の侍が現れまして、殿の仰せられたとおり、猪太郎めを殺そうといたしました」

猪太郎というのは、火付けの片割れ——逃げようとして新八郎に捕まり、正寔に詰問されて泣きそうになっていたほうの男だ。

「それで、殿のお言いつけどおり、猪太郎を助け、侍のほうはわざと逃がしました」

「あとをつけたのだな？」

正寔に念を押され、新八郎は黙って頷く。

「まさかその足で、雇い主の許へ向かうとも思わなかったのですが……」

そこまで言って、新八郎は口ごもった。

「どうした、新八？」

「その男、神田橋御門の田沼様のお屋敷に入って行きました」

言いにくそうに答えた新八郎の言葉に、正寔は当惑した。

ある程度予想していたとはいえ、正直なところ、できれば外れて欲しい予想であった。己の予想が的中しても、ちっとも嬉しくないこともあるのだと知るのは、多分正寔がこの世に生を承けてから、数度目のことだった。

第三話　暗中模索

一

「突然やって来て、申し訳ないのう、加納屋」

注がれた酒を遠慮なく飲み干してから、正寔は膳の上の肴に箸を付ける。

鯉のあらいに鰆の塩焼、筍、蓮根……。正寔の大好物のう巻き玉子は、玉子焼き部分がやや固く、矢張り、絹栄の作ったもののほうが数段美味い。

だが、急いで仕出し屋に持ってこさせたにしては、品数も揃っていて、まずまずの膳だ。

「いえいえ、お奉行様、たいしたおもてなしもできませぬが、どうかごゆるりとおすごしくださいませ」

主人の加納屋徳右衛門は、満面の愛想笑いで応えるが、その腹の裡は、さぞや煮えくり返っていることだろう。やや肥り気味の頬の肉が、微かに震えている。

「いや、本当に、ありがたい。…視察の途中、俄雨に降られてしまい、途方に暮れておった。軒先に雨宿りさせてもらうだけでも充分有り難いのに、まさか、これほど歓待してもらえるとは。……のう、忠右衛門」

傍らにいる水嶋忠右衛門を顧みると、忠右衛門は、居心地の悪そうな顔で神妙に座っている。酒はおろか、膳の料理にも全く手をつけていない。

「なんだ、なんだ、その辛気くさい顔は。折角の心遣いの膳、無駄にしては、加納屋に申し訳なかろうが」

「は、はい」

忠右衛門は慌てて箸をとるが、なにを食べようかと、明らかに迷い箸をしている。

「先ず、生ものから食べるのが、作法だろう」

それ故正寔は助け船を出した。

忠右衛門の情けない逡巡には、もとより歴とした理由がある。

この家の主人・材木問屋の加納屋徳右衛門こそは、先日正寔を亡き者にしようと刺客を差し向けたその張本人ではないか、という疑いが浮上したのだ。

加納屋は、たたき上げの先代当主が一代で築いたお店だが、娘婿の徳右衛門の代になっていよいよ威勢を誇っている。

先代の末年から、お上の御用を仰せつかることが増え、御用商人の端に名を連ねた。おそらく、下役人たちに金をばらまき、御用の機会を摑んだのだ。徳右衛門は、先代のやり方を引き継ぎ、更に強引なやり方で、御用商人の座を勝ち取ったのだろう。

正寔が調べた限り、この数年間で、さして必要もなさそうな普請に最も絡んでいるのが、加納屋だった。

正寔が作事奉行の任に就いてから、懸案書になかなか印を捺さぬために、滞っている普請が幾つもある。普請をあてこんで仕入れている材木が無駄になれば、加納屋にとっては大損だ。

「こやつが一番怪しいのう。一度顔を見ておくか」

書類を調べあげた末、事もなげに正寔が言うと、

「お言葉ですが、お奉行様は既に加納屋の顔をご覧になっておられます」

忠右衛門がしたり顔で口を出した。

「昨年着任された折、挨拶にまかり越しております」

「あのときは、他にも大勢いただろう。いちいち覚えていられるか。……よし、明日

にでも、加納屋へ行ってみるか」

「そ、そんな…、お奉行様のお命を狙ったかもしれぬ怪しい者の家を訪れるなど、い、命を捨てに行くようなものではありませぬか。……加納屋とお会いになりたければ、こちらへ呼びつければよろしゅうございましょう」

忠右衛門は震え声で諌めたが、無論、素直に聞くような正寔ではない。

折しも梅雨入りどきで不安定な天気を幸い、深川木場界隈へと出かけた。

元禄以降、江戸の材木問屋はだいたいこのあたりに集中している。加納屋も例外ではなかった。

そして、狙いどおり、雨が降り出したのを幸い、加納屋の店先へ飛び込んだのだ。

「作事奉行の柘植長門守正寔だ。ちょっとそこまで視察にまいったのだが、生憎雨に降られてしまった。ひととき、雨宿りさせてもらえまいか」

「これは、お奉行さま」

主人の徳右衛門は大慌てで飛び出してきて、恭しく頭を下げた。

「どうぞ、おあがりくださいませ」

「いや、突然飛び込んできて、それは申し訳ない。こちらで充分じゃ」

「いえ、それでは……」

（そんなところに突っ立っていられたら、却って迷惑なんですよ）

喉元まで出かかる言葉を徳右衛門は辛うじて呑み込み、

「いえいえ、そうおっしゃらず、折角お奉行さまにおいでいただいて、なんのおもてなしもせず、お帰しするわけにはまいりません。どうか、おあがりくださいませ」

懸命に掻き口説いた。

材木問屋は通常、呉服商や小間物屋のように、四六時中店先に客の出入りがあるというわけではないが、それでも、奉行が店先に突っ立っているというのは、店として相当迷惑な話だろうということは、無論正寔にもわかっている。すべて承知した上でのいやがらせにほかならない。

「そうか。そうまで言われては断れまい。邪魔させてもらおう、忠右衛門」

「は、はい」

充分恩に着せ、正寔は、すっかり青ざめた顔の忠右衛門とともに、加納屋の座敷にあがり込んだ。

待つほどもなく、料理と酒が饗された。料理はまあまあ、酒も、樽の香が漂う上酒である。

「どうぞ——」

勧められるまま、だが酔いがまわらぬ程度に加減をして、正寔は飲んだ。

「すまぬな、徳右衛門」

徳右衛門の酒器に注ぎ返してやりながら、正寔はゆるゆると口を開く。

「勿体のうございます」

注がれた酒器を恭しげに翳してから、徳右衛門はその酒を飲む。

「いや、儂が奉行となってからというもの、めっきり普請の数が減り、店の儲けも随分減ってしまったであろう」

「………」

徳右衛門はさすがにギョッとした顔で息を止めたが、このとき正寔の隣に控えていた水嶋忠右衛門もまた、同様の顔つきをした。

「さぞかし、儂が目障りであろうな？」

「お、お戯れを……」

徳右衛門の作り笑いは完全に引きつっている。

「そうそう、徳右衛門、少し前、視察中の普請場で賊に襲われてのう。危うく命を落とすところであったわ、のう、忠右衛門？」

「は、はい、まことに――」

最早（もはや）生きた心地もなく、忠右衛門はいい加減な相槌をうつ。

「幸い、全員返り討ちにして事なきを得たからよかったようなものの、これでは命がいくつあっても足りぬわ」

「そ、それは、ご災難でございました」

作り笑いを浮かべることもかなわず、徳右衛門は気まずげに目を伏せている。

「だが、儂としたことが、ぬかったわ。刺客を全員殺してしまったのでは、誰に雇われたか、黒幕の名を聞き出すことができぬ故なぁ」

「………」

「それ故、もしまた何者かに襲われることがあれば、一人は必ず生かして捕らえようと思うのじゃ」

「さ、左様でございますか」

「生かして捕らえ、必ず、雇い主の名を吐かせる」

「は、吐きましょうか」

「なに？」

「い、いえ、その者たちは、本当に雇われたのでございましょうか」

「なにが言いたい？」

鋭い語調で正寔に問い返されながらも、

「いえ、あの……別に誰かに雇われたというわけではなく、その……金品目的の物盗りというようなことはございませんのでしょうか」

徳右衛門は交々と言い募った。

一応青ざめた顔はしているが、さすがは悪徳商人の端くれである。奉行を相手に、ぬけぬけと言ってくれる。

「ないな」

正寔は、更に厳しく否定した。

だが、すぐに相好をくずすと、

「だが、それならそれで、別によいのじゃ。奉行の懐を狙うほどの悪党だ。よくよく事情を聞こうではないか」

機嫌のよい口調になる。

「ときに、加納屋」

「はい？」

「そちは、火盗改めの者が、捕らえた賊におこなう拷問を見たことがあるか？」

「え？」

「儂はあるぞ。…いや、たまたま火盗の頭が旧知の者だったので、参考までに見学させてもらったのだが、これがもう、凄まじいもので……」

と一旦そこで言葉を濁し、ひと口酒を呷ってから、

「五本の指の、爪のあいだにな、こう、竹串を刺し込み、そこへ、熱した蠟をたらすのよ。……爪楊枝ほどの細さで、三寸ほどの長さであれば、針でも、釘でも、なんでもよいらしい。なかなか白状せぬ者に対しては、真っ赤に熱した釘を足に打ち込み、そこへ蠟をたらすのじゃが、ここまでされると、大の男もヒイヒイ泣き喚く。何十人と手にかけてきた極悪人ほど、泣きながら許しを請うのだから、まことにもって、因果応報とは怖ろしいものよのう」

「そ、それが？」

「だからのう、もし今度、儂が賊を生かして捕らえたら、儂も、火盗と同じ方法で、そいつを責めようと思うてな。火盗が用いる拷問であれば、どんな悪党でも畢竟口を割るであろうよ。ふはははは……」

正寔の高笑いを、紙のような顔色で、徳右衛門は聞いていた。——と、

「うごぉッ」

膳の料理をつまんでいた正寔が不意に目を白黒させ、口許を押さえて苦しげに呻く。

「むぅ……」

「お、お奉行さまッ」

徳右衛門は仰天したが、

「すわ、料理に毒を！」

それを見た水嶋忠右衛門が咄嗟（とっさ）に佩刀を引き寄せ、身構えたので、更に驚愕する。

「おのれ、加納屋！　お奉行様に毒を盛ったかッ」

忠右衛門は、常日頃の彼からは想像もつかぬ形相で眦（まなじり）を決し、声を荒げた。

「い、いいえ、滅相もございませぬッ。なんで手前がそのようなことを……」

「黙れ、黙れッ、貴様、よくも――」

「お、お許しを、手前は断じて……」

「やめぬか、忠右衛門」

正寔の言葉で、いまにも刀の鯉口（こいぐち）を切ろうとしていた忠右衛門はピタリと動きを止める。

「お、お奉行様」

「なまこが喉（のど）につかえたのよ」

「え？　なまこが？」

「ああ、苦しかった。死ぬかと思ったぞ」

「大丈夫でございますか？」

「大事ない。それより、滅多なことを言うものではないぞ、忠右衛門」

「え？」

「毒を盛ったなどと、急な来訪にもかかわらず、折角歓待してくれた加納屋に失礼ではないか」

「あ、はい」

忠右衛門は気まずげに目を伏せたが、徳右衛門の顔つきも、だいたい似たようなものだった。

「すまんな、加納屋。うちの与力が無礼なことを申して」

「い、いえ……そんな……」

「気を悪くせんでくれよ」

と、ろくに返答もできぬ徳右衛門に繰り返し詫びてから、正寔はふと、盃を置く。

「どれ、ぼちぼち雨もあがったようじゃ。そろそろまいろうかのう、忠右衛門」

「え、あ、はい……」

「馳走になったの、加納屋。……この礼は、きっとする故、水嶋の無礼を赦（ゆる）してくれ」

「い、いいえ、滅相もございませぬッ」

加納屋徳右衛門はその場に両手をついて平伏した。

その必死な声音と所作に嘘はないように思え、正寔は少しく首を捻る。

（刺客の雇い主は、或いはこやつではないのかな？）

もし本当に、正寔の暗殺を企んだ張本人であれば、ここまで怯えることはないのではないか。少なくとも、本物の悪党なら、ここまでされたら開き直り、もっとふてぶてしく振る舞う気がする。

（まあ、よいわ。もし違っていたとしても、こやつもそのうち、同じことをするつもりだったかもしれん。ここまで脅されれば、さすがに実行にはうつさぬだろう）

思いつつ、正寔は加納屋の軒先から外へ出て、泥濘（ぬかる）んだ道を歩き出した。

「お奉行様？」

慌ててそのあとに従う水嶋忠右衛門が、正寔の耳許に呼びかける。

「折角ここまで来たのだ。もう二、三軒、出入りの材木問屋に寄っていくか」

「えぇ〜ッ」

正寔の言葉を聞いた忠右衛門が、驚きとも悲鳴ともつかぬ声を発したことは言うまでもない。

「おかえりなさいませ」

いつもどおりの時刻に帰宅すると、絹栄もまた、いつもどおりの可憐な声音で出迎えてくれた。

(うっ)

こみあげる違和感で一瞬困惑するものの、別に不満というほどのものではない。いつものことなのだ。

「殿様」

「ん?」

「お留守のあいだに、荷が届きました」

「どこから?」

「はい。深川木場の材木問屋、加納屋からでございます」

「なに、加納屋だと?」

「はい。出入りの商人などからの付け届けは決して受け取ってはならぬと、平素より、殿様から厳しく言いつけられておりましたので、当然断り、持ち帰らせるつもりでございました。ところが――」

「ところが？」

「お詫びだと言うのです」

「なんのお詫びだ？」

「はい、私もそれを問いただしたのでございますが、なんでも、お奉行様に対して、無礼なことをしてしまい、お奉行様は快くお許しくだされたが、それでは当方の気が済まぬ、とかで……なんとしても、持ち帰らぬのでございます」

困惑しきって、絹栄は言う。

「それに、肝心のその品が、生ものでありました故、持ち帰らせるのも忍びなく……」

「受け取ったのか？」

「も、申し訳ございませぬ」

「いや、儂が留守にしておったのがいけないのだ。そなたは悪くない、絹栄」

いまにも泣きそうな顔をする絹栄を、正寔は懸命に宥(なだ)めた。

「で、その生ものとは一体なんだ？」

「鰹(かつお)でございます」

「なんと！」

既に初鰹の時期ではないが、まだまだ旬(しゅん)のこの季節、心憎いことをする。

「申し訳ございませぬ、殿様」

「で、どうしたのだ、その鰹？」

「早速さばいて、たたきにいたしました」

「残りは？」

「本日中に食べきれないと思われるぶんは、塩漬けにいたしました。二、三日は保(も)ちますかと。それでも食べきれぬときは、燻(いぶ)して干して、鰹節にいたします」

「天晴(あっぱ)れじゃ、絹栄」

正寔は手放しで賞賛した。

「そこまで大切にさばいたのであれば、鰹も我が家に届けられて本望であろう」

「殿様……」

絹栄のつぶらな瞳には見る見る涙が滲んでゆく。

「早速、その鰹で一杯やろうではないか」

「は、はいッ」

絹栄は大きく頷いた。

（面倒くさい）

と思う一方で、妻のそういう表情が、正寔は決して嫌いではなかった。

「で、鰹飯は炊いてあるのか？」

「はい。では、ご飯を先にお持ちいたしますか？」

「ああ、頼む。腹が減っている」

「かしこまりました」

絹栄は迷わず、厨（くりや）のほうへすっ飛んで行った。

衣擦れをさせながら去るその後ろ姿を見送りながら、正寔は少しく和（なご）やかな気持ちになった。

付け届けを寄越した以上、やはり加納屋は、正寔に対して、幾ばくかの負い目があるのだろう。だが、一方的にもてなされ、付け届けまで受け取るのは、正寔の主義に反する。

（あとでなにか、気のきいた長崎土産（みやげ）でも届けさせるか）

思いつつ、正寔が己の居間に向かう廊下を歩き出したとき、この日何度目かの雨が降り出したらしい。屋根瓦を打つ雨音が、やや高く邸内に響いた。

二

（大学のことは、半次郎に任せておけば間違いないだろうが……）

考えるともなく、正寔は考えていた。

書見をしていながら、文字がちっとも、頭に入ってこない。

（さて、どうしたものか）

思案が行き詰まったところで、天井裏に、ふと人の気配を感じた。

「誰だ？」

聞くまでもないのだが、正寔は一応低く問うてみる。

「六兵衛でござる」

当然、予想した答えが返ってくる。

「戻ったか」

という正寔の言葉を待つまでもなく、次の瞬間、小柄な忍びの老爺（ろうや）は、音もなく正寔の目の前に降り立っていた。

（なんでいちいち、こういう入り方をするのだ）

正寔は内心呆れている。

六兵衛は、忍びではあっても、身分としてはこの家の家老格だ。普通に、正面から出入りできる立場にある。なのに、主人の部屋の天井裏から入るのが、正しい忍びのやり方であると、固く信じて疑わない。

(面倒くさい奴だ)

絹栄の面倒臭さとは、また、全然別の面倒くささである。

「遅くなり申した」

膝をついて項垂れる六兵衛を、

「そなたももうよい歳故、仕方あるまい。ご苦労だったのう」

と、正寔は労ったが、その途端、

「若ッ」

六兵衛は満面を朱に染めて抗議した。

「この《霞》の六兵衛、まだまだ若い者にはひけをとりませぬぞッ」

「だったら、どうしてこんなに、帰りが遅くなったのだ?」

という心ない言葉は喉元で呑み込み、

「わかっている。それ故、そちに頼んだのではないか」

どこまでも、思いやり深く言う。

「若……」

「すまなかったな、六兵衛。面倒なことを頼んでしまって」

「なんの、若のご命令とあれば、この六兵衛何処へなりとまいりまする」

「いや、疲れただろう。今夜は絹栄の飯を食って、そのまま休んでもよいぞ。報告は明日聞いてもよい」

「なにをおっしゃる。儂を年寄り扱いなされるな」

労(いたわ)られすぎると、六兵衛はさすがにいやな顔をした。

「それで、どうだったのだ？」

苦笑を堪(こら)えて正寔は問う。

「それが、ちと妙でしてな」

「妙とは？」

「あの折、刺客に斬られたお人は、七曜星の陣笠をかぶっていた筈ですな？」

「ああ、おそらく」

「ところが、あの刺客どもが帰って行った先は、遠江(とおとうみ)相良藩でござった」

「なんだと？」

「田沼様の、お国許でございます」

「うん」

勿論わかっているが、

（どういうことだ？）

口には出さず、正寔は六兵衛を見返した。

「あの日山中にて殺された男は、相良藩小普請方の、水鳥総左右衛門（みどりそうざえもん）という武士でござる」

正寔の返事を待たずに、六兵衛はゆっくり語りはじめた。

「歳は四十。ご家中では、馬鹿がつくほどの正直者との評判でございました。小普請方の役に就いて、十五年、そろそろ奉行に出世するという話も持ち上がっていたとか」

「なるほど。…では、その水鳥総左右衛門が江戸に向かったのは、小普請奉行の内示を請けるためか？」

「さあ、それはどうでしょうな」

ここぞとばかり、したり顔をして六兵衛は主張する。

「内示を請けるだけなら、別に国許でも充分ではございませぬか」

「では、何故呼びつけられたというのだ？」

「それは、田沼様より、直々の密命を請けて――」

「馬鹿正直だけが取り柄の小普請方の男に、一体どんな密命が下るというのだ？」

「さあ、そこまではわかりませぬが……」

「まあ、いい。……その密命を快く思わぬ何者かが、水鳥の江戸行きを阻止した、というわけだな」

「或いは、逆かもしれませぬ」

「逆？」

「水鳥総左右衛門は、江戸の田沼様に呼びつけられ、密命を帯びて国許に帰る途中を、襲われたのかもしれませぬ」

「なるほど、そういう考え方もあるか」

正寔は少しく感心した。

しかし、頭の中では、全く別のことを考えている。

（国許から江戸へ向かう途中であれ、その逆であれ、なにか密命を帯びての旅であれば、密書かなにか、持参しているものだ。だが、あのとき、刺客どもは殺した男の荷を検めようともせず、ただ執拗に、遺体を痛めつけようとしていた。あれは……ああ

いう真似をするのは、通常、激しい遺恨のある相手に対してだ）

「若？」

「いや、なんでもない。…詳しいことは、一杯やりながら聞こうではないか」

と言いざま正寔は立ち上がり、庭に面した障子を開けると、

「おーい、絹栄、絹栄ーッ」

奥の間に向かって、大声で喚った。

待つほどもなく、衣擦れをさせながら、

「お呼びでございますか、殿様」

息を切らして絹栄がやって来る。そんなに急がなくてもよいのに。

「ああ、六兵衛が帰って来た。労ってやりたいから、酒肴の支度を頼みたいのだが」

「まあ、六兵衛が」

夫の部屋を覗き込み、そこに六兵衛の姿を認めると、絹栄は忽ち目を丸くした。

「いつのまに――」

柘植家に嫁いで二十有余年、六兵衛が忍びだということは充分承知しているが、彼が玄関を通らず、いきなり夫の居間に出現することには未だに慣れない。

「申し訳ありませぬ、奥方様」

六兵衛は恐縮し、その場でひょこりと頭を下げる。

「殿様はとうに江戸へお帰りになったのに、いつまでたってもあなたは戻って来ないので、心配していたのですよ。……殿様からは、伊賀に帰って養生していると聞いておりましたが、やはり、殿様のご用を言いつかっていたのですね、可哀想に……」

「いえ、とんでもございませぬ」

「おいおい絹栄、何故俺が用を言いつけたと思うんだ？」

「殿様がいま仰有ったではありませぬか。『労ってやりたい』と。……田舎で養生していた者を、何故労わねばなりませぬ？」

「はは…これはかなわぬ。さすがは女房殿だ」

正寔は仕方なく、笑って誤魔化す。

「六兵衛ももうよい歳なのですから、あまり無理はさせないでくださいまし」

(その年寄りを、お前は長崎まで行かせたではないか)

という苦情は、もとより口には出さず、

「と、とにかく、酒と、なにか気の利いた肴を用意してもらえぬかな」

遠慮がちに懇願すると、

「これは、私としたことが。……ただいま、支度いたしまする」

絹栄はハッとなり、衣擦れとともに去った。心なしか、来たときよりも早い足どりである。正寔の言いつけには直ちに順うのが妻の務めと信じているのだ。

「奥方様は、お気を悪くなさったのでございますまいか？」

絹栄の背を見送って席に戻った正寔に、心配顔で六兵衛が問う。

「何故だ？」

「いえ、なんとなく……」

と声をおとした六兵衛は、急に元気がなくなり、ごく一般的な七十の老爺の顔になった。

絹栄は六兵衛を気に入っているようだが、実は六兵衛のほうは絹栄を少々苦手としている。いや、苦手どころか、恐れているようなふしがあった。それ故、気心の知れた正寔のことはいまだに「若」呼ばわりだが、絹栄に対しては最上級の敬意を払う。

(何故だろう？)

絹栄は特にきつい性格というわけではないし、うるさく小言を言うような気質の女でもない。寧ろ、大家の育ちらしく、どちらかといえば、おっとりしているほうだ。

だが、六兵衛が絹栄を恐れる気持ちも、わからなくはない。

斯く言う正寔自身、心の底では、密かに絹栄を恐れているのだ。

（六兵衛が衰えた、とは思いたくないが……）

一年もかけて、たいした成果も上げていないところを見ると、そう思わざるを得ない。

もっとも、思いがけずときを費やしてしまったことの言い訳として、

「兎に角、相良へ向かうまでに、奴ら、彼方此方へ寄り道しましてな。まあ、そのおかげで、足どりがつかめたわけですが。……途中、藤枝の宿では、なんと一月も長逗留いたしたのですよ」

と言ったが、それこそが、六兵衛の衰えた証拠ではないか、と正寔は訝った。

あの折、刺客の頭と思われる男は、一瞬で正寔の素性を見抜き、「伊賀者か？」と問うてきた。それほど鋭い男なのだ。六兵衛が彼らを尾行けていることにも、気づいたかもしれない。気づいたからこそ、或いは、全く目的とは違うところへ、六兵衛を誘ったのではないのか。

宿場宿場で長逗留をしていたというのも、六兵衛を足止めするための擬態であったように思えてならない。

決して敵の前に姿を見せず、見せたときにはもう目の前の敵を葬っていて、あとは

霞の如く消えてしまう。それ故に、《霞》の六兵衛。

若い頃から鍛えあげてきた忍びの技はそれほど衰えていないかもしれないが、元々真っ正直な気質故、あれこれと疑ってかからねばならぬ隠密の任にはあまり適さない。

あのときは、口喧しい老人の監視下を逃れて自由になりたい一心で、つい六兵衛を行かせてしまったが、いまはすっかり後悔している。

本気で調べるつもりなら、正寔が自ら出向くべきだった。

（あいつらが何処の誰の手の者だとしても、六兵衛を遣わしたのが俺だとわかれば、遠からず、俺のことをさぐり当てるだろう。……いや、既に調べあげているかもしれない）

正寔は、それを覚悟しなければならない。

（厄介だな）

正直、気が重かった。

それでなくても、八代有徳院様のお孫様から、余計な任を仰せ付かっている。

その任を全うしようとすれば、ときの老中と全面対決しなければならない羽目に陥る。

これまで、自らを田沼派だと自覚したことはなかったが、世間はそれでは納得してくれないだろう。田沼意次の政権下で、遠国奉行を歴任してきたのだ。そんな正寔が、松平定信の意向で動いていることが知られれば、即ち、裏切り者と見なされ、田沼派の連中からも狙われることになりかねない。

(或いは、越中守の狙いはそれではないのか)

とさえ、思えぬこともない。正寔を裏切り者に仕立てて孤立させ、田沼派によって粛清させようという――。

だが、正寔に対してそんな罠を仕掛けることが、松平定信という、何れ権力の中枢にのぼりつめるであろう、家柄も血筋も申し分のない若者にとって、一体何の意味があるだろう。

それに、小賢しい才子面の、鼻持ちならないあの若者に、正寔はそれほど悪い印象を抱かなかった。品のよい話し方の端々に、一種の清涼感が漂っているように思えた。ああいう若者が、人の心の裏側を抉るように陰険な策略を用いるとは思えない。

とすれば、矢張り、純粋な気持ちから、村上大学のことを正寔に託したのだろう。

(だから、厄介だ)

正寔とて、自ら求めて面倒事を背負い込んでいるわけではない。

あるとき、偶々奉行という権力の座についた。その職務を全うする以外、別に、望むものがあるわけではない。

だが、己がその座にいることによって、為し得るなにかがあるとすれば、是非とも為し得たい。

そう願ってきただけのことだ。

（かいかぶってもらっては困る）

正寔は本気で困惑していた。

「殿様」

襖の外から、ふと絹栄の声がする。

「なんだ？」

「六兵衛が――」

「え？」

「六兵衛が、どうやら、湯につかりながら、湯船の中で寝入ってしまったようなのです」

「なに！」

正寔は少しく狼狽えた。

絹栄の作ってくれた肴で二〜三合の酒を酌み交わすうち、六兵衛はすっかり酔ってしまった。そのまま寝入ってしまえばよいものを、長旅で汚れた体のまま休むのはいやだと言い張り、風呂に入ったのだ。

「それで、どうした？」

「新八郎が、おぶって連れ出しました。いまは、湯殿の次の間にて休ませております」

「そうか」

少なからず、安堵した。

父親に早く死に別れた正寔にとって、六兵衛は、父親のような存在だった。幼い頃より忍びの修行でしごかれたことも、いまとなってはよい思い出だ。子供の頃には鬼のように強大に見えたその体も、いまでは童(わらべ)かと思うほど小さく感じる。

(《霞》の六兵衛も、歳には勝てぬか)

そう思うと、忽ちほろ苦いものが胸に満ちた。

三

「なに、東海寺が焼けただと？」

正寔はさすがに顔色を変えた。

その日四ツ過ぎに出仕すると、既に本日のぶんの懸案書をまとめていた水嶋忠右衛門が、早速それを正寔のもとへと運んできた。

運んできても、どうせすぐには印を捺してもらえぬことがわかっているから、つい無駄口をきいてしまう。

「昨夜品川宿で、大火事があったそうです」

「ああ、そういえば、朝から、厨に出入りの棒手振たちが騒いでいたようだが、その話をしていたのか」

正寔は納得した。

朝早く、魚や野菜のような食材を届けに来る棒手振は、近在の者ばかりではない。遠く木戸の外から来る者もいる。彼らは品物とともに、多くの噂話を運んでくる。

「東海寺も燃えたそうでございますよ」

訳知り顔に忠右衛門は言ったが、もし本当なら、由々しき問題である。

「まさか、全焼したのではあるまいな」

正寔は深刻な面持ちで考え込んだ。

東海寺は、三代将軍家光のときに創建された徳川家縁の寺である。

いまより九十年前の元禄七年、品川宿の火災では全焼したが、ときの将軍・綱吉によって直ちに再建された。

その当時は、幕府の財政もまだいまほどは逼迫していなかったろうから、それが可能だった。だが、もしいま、あれだけの大伽藍が全焼したとすれば、すぐに再建することは難しいだろう。

「とにかく、一度、視察に行かねばならんな」

「はい」

忠右衛門も即座に同意した。

普請すべき建物にも優先順位があるとすれば、三代大猷院様に縁の東海寺は、浅草寺、芝の増上寺とならんで、最優先で再建されるべき寺院である。

勿論、するかしないかは、正寔の一存でどうにかできることではなく、最終的に老中の裁可を仰ぐことになるのだが。

（ちょうどよい。何処かで昼餉をとりがてら、出かけてみるか）

普請の必要があれば、何れ懸案書がまわってくるので、正寔がいまから案じることではないのだが、他に用もないのを幸い、出かけてみようと正寔は考えた。

一人になって、思案したいこともある。

「え？　お奉行様、お一人でお出かけになるのでございますか？」

視察と聞いて、てっきり自分も一緒に行くのだとばかり思っていた忠右衛門は、今日に限って声がかからぬことを、些か不満に思ったようだ。

「品川は遠い。そちの足では、帰ってこられなくなる」

「お奉行様のおかげで、近頃だいぶ鍛えられましたから、そんなことはありません」

「正式に普請の懸案書があがってくれば、どうせいま一度視察に行かねばならぬ。そのときは、そちも連れて行く。……今日はほんの下見だから、一人で行ってくる」

ふくれっ面の忠右衛門に、正寔は穏やかに言い聞かせたが、なお彼は不満顔だった。

（そんなことを言って、どうせ外で、なにか美味しいものでも召しあがるおつもりでしょう）

と言いたげな忠右衛門の目に、内心苦笑しながら、正寔は城を出た。

当初はあれほど厭がっていた視察の同行を、近頃忠右衛門は厭がっていない。寧ろ、密かに望んですらいるふしがある。

（人というのは、斯くも変わる。だから、面白い）

思うと、ほんの少し、気持ちが上向いた。

そのとき、いやな気を感じて、正寔はふと足を止めた。

「如何なされました?」

当然新八郎が不審がる。

もし何者かに尾行けられているとすれば、新八郎がそのことに気づかぬ筈がない。それはわかっているが、正寔も己の勘には相当自信がある。それ故、

「なにか、感じぬか?」

足を止めたまま、背中から新八郎に問うた。

「はい?」

新八郎は更に怪訝な顔をする。

一応四方に意識を向けてみるが、針の落ちる音をも聞きわけると言われる伊賀の若者にも、特に不穏な気配は感じられなかった。

「なにも……」

「そうか」

些か不満ながらも、正寔は仕方なく歩を進めだした。往来には、多くの者が行き来している。たまさか機嫌が悪く、いやな気を放ちながら行く者もいるだろう。人混みを歩いていれば、そんな他人の不快な感情を、まともに浴びてしまうこともあるだろ

う。

　歩き出すと、確かに何の気配も感じられない。

（確かに、いやな目で見られている気がしたのだが……）

　それでも正寔は納得できなかった。

（俺の勘も鈍ってきたのかな）

　ほろ苦い思いが、チラッと正寔の胸を掠める。

　ほろ苦いと言えば、

「この六兵衛が戻りました以上、若のお供は六兵衛の務めでございます」

　江戸に戻った翌日から、六兵衛は激しく主張してきたが、結局絹栄に宥め賺された。

「長い長い殿様のご用から戻ったばかりなのですから、無理をしてはなりません。ゆっくり養生なさい」

　正寔の言葉にちょくちょく逆らうくせに、六兵衛は、絹栄には決して逆らわない。

　それ故六兵衛は、正寔の供を諦め、連日屋敷の掃除を手伝っていた。

「殿」

「ん？」

「ただいますれ違いました浪人風体の男、猪太郎らに火付けを命じた男でございます」声をおとし、早口に、新八郎は正寔の耳許へささやいた。

「なに？」

「振り向かれませぬよう――」

思わず足を止め、顧みようとするのを、新八郎に厳しく制止される。

「…………」

一瞬間、正寔は思案した。

決して忘れていたわけではない。何れ確かめねばならないことは承知していたが、気が乗らず、先延ばしにしていた。

だが、ここですれ違うというのは、先延ばしにするな、という天の声かもしれない。

「その男を尾行けるぞ、新八」

瞬時に判断し、正寔は新八郎に囁いた。新八郎も当然心得ていて、そいつが視界から消えるギリギリのところで、正寔を促す。

「あの、濃紺の鮫小紋の男でございます」

鮫小紋の男は、編み笠を被っている。故に、すれ違いざま目に映るのは、男の口許だけだ。普通なら、相手の人相など判る筈もない。だが、伊賀者の目は特別だ。笠の下の男の顔でも一瞬で見抜く。

「間違いないか？」

　正寔は一応念を押した。

「はい」

　当然新八郎は頷くが、これは決して彼の能力を疑ってのことではなく、己の選択が正しいと確信したいがための、自分自身への問いであった。

　鮫小紋の着流しの男は、足どりも軽く、鎌倉河岸から鍛冶町方面へと折れるところだ。

「お気をつけください」

　男が辻を折れて行くのを見届けてから、新八郎が低く囁いた。

「あの男、腕はかなりのものです」

「そうか」

　その一言で、正寔は一挙に気を引き締めた。

　新八郎は生真面目な若者だ。戯れ言は口にしない。彼がわざわざそれを口にするのは、それがまぎれもなく真実に相違ないからだ。

四

鮫小紋の男は、鍛冶町を抜け、やがて両国廣小路に向かった。

西両国の入口で、男は、のぞきからくりの前で足を止めた。ひとしきり覗いて、再び歩き出す。少し先へ進み、次は娘軽業の小屋に入った。半刻あまりして、男が小屋から出て来たあたりで、さすがに正寔はいやな予感がした。

娘軽業の次は、曲独楽である。

正寔の予感は、どうやら的中した。男は、廣小路の見世物小屋を軒並みひやかしてまわるつもりらしい。

一向に目的の場所へ行く様子を見せぬ男に、正寔はさすがに焦れたが、同時に、

(真っ昼間からこんなところで暢気に遊んでいられるのは、余程金まわりがいいんだな)

ということもわかった。

新八郎が言うとおり、男の腕は相当なものと思われた。ふらふらと見世物をひやかしているようで、身ごなし一つに全く隙がない。だが、先夜新八郎がその男を敢えて

逃がしたのは、彼の行き先を突き止めようとしたためだ。一対一の剣の勝負でなら兎も角、ただ己が命を落とさぬことを前提とした伊賀者の剣とは勝負にならぬだろう。

男の腕をさり気なく値踏みしながら、正寔は根気よく尾行を続けた。

(両国は、女子供の遊び場だ。夜には終わる。……となれば、金まわりのいい男が、次に向かうのは……)

正寔が予期したとおり、見世物小屋やら芝居やら、ひととおり廣小路を楽しんだ男は、七ツを過ぎようとする頃には両国を離れ、暮六ツ前には浅草にいた。

途中、田原町(たわらまち)の蹴飛ばし屋に寄り、馬刺しと馬肉鍋で一杯ひっかけてから、吉原の大門(おおもん)をくぐって行った。

正寔と新八郎は、男が入った蹴飛ばし屋の向かいの蕎麦屋に入り、抜きで一杯やっていたが、男の姿が大門の中へ呑まれてしまうと、最早途方に暮れるしかなかった。

「どういたします？」

「うん」

正寔は思案した。

もとより、大門の中まで男を追う気はなかった。

仮に追ったとしても、男の馴染みの楼(ろう)と妓(おんな)を突き止められるだけのことだろう。暮六ツから吉原に足を踏み入れた男が、一刻ほどで出てきてしまうとは考えにくい。

大門は、四ツ——即ち、亥(い)の刻には閉められる。勿論、門番所の者に理由を話せば、事と次第によっては出してもらえぬこともないが、そういう稀(まれ)なことをすれば人相を覚えられてしまい後々面倒なので、臑(すね)に傷のある者は先(ま)ず、そんなことはしない。

故にその男が、折角入った吉原で一泊せず、ちょんの間で帰るとは考えにくかった。

なにしろ、蹴飛ばし屋で英気を養い、満を持して大門をくぐっているのである。

「それがしが、見張りまする」

「ん？」

不意に新八郎に囁かれ、正寔は驚いた。

「吉原というのは、この大門以外、他に出入口はないのでございますね？」

「ない…筈だ。儂も、詳しくは知らぬが」

「ならば、大門の前で片時も目を離さず見張っていれば、何(いず)れあの男は出て来る筈ですね」

「だが、何日も、流連(いつづけ)るということもあるぞ」

「二～三日であれば、寝ずの番はできまする。それ以上、流連ることもありましょうか？」

「………」

　新八郎の申し出は嬉しかったが、正寔はさすがに即答しかねた。

　正寔は、その男の顔すら知らない。当然、彼の性癖などわかる筈もない。

「ならば新八、今宵一晩、ここで見張ってくれ」

「ひと晩にて、出て来なかった場合には？」

「そのときは、よいから、屋敷へ戻れ」

「殿は、あの男のねぐらをお知りになりたいのではありませぬか？」

「それはそうだが……」

「それがしの失態でございました」

「え？」

「先日、猪太郎の長屋からあの男を追いました折、田沼屋敷に入っていったところで追うのをやめてしまったのは、それがしの失策でございます。殿は、あの男がどういう素性の者であるのか、それをお知りになりたいのでございましょう」

　淡々として、新八郎は言葉を継いだ。

　その冷静な言葉つきを聞くうちに、正寔は、己がとんでもない勘違いをしていたことを知った。いま、自分のすぐそばにいるのは、伊賀の田舎から出て来たばかりの朴訥な若者ではない。実直ではあっても決して愚直ではなく、隠密として臨機応変の気働きもできる、極めて有能な伊賀者だ。

「できるか、新八？」

正寔はつい心ない問いを発してしまった。

「もとより」

新八郎は即座に応じる。

「では、頼む」

「はい」

目を伏せたままで、新八郎は答えた。生真面目で実直なだけが取り柄の若者の横顔が、このとき、まるで役者のように美しく見えたことに、正寔は狼狽した。

（こやつ、こんなに男前だったのか）

年齢でいえば、息子の清太郎とさほど変わらない。赤児の頃から、あやしたりすかしたり、風呂に入れたり、襁褓を替えたりしてきた我が子のことは、いまでも赤児としか見られない。なのに、たった二つ三つしか我が子と年の変わらぬ新八郎の、この雄々しさはどうだろう。正寔には少しばかり、その横顔が恐かった。

新八郎を吉原の大門の外に残して、正寔は帰路についた。

既に陽は没し、あたりには闇の帳が下りている。

(やはり)

戌の上刻過ぎの業平橋を渡っているとき、大量の悪意を背後に感じて正寔は慄然とした。

明らかな、殺気の塊だった。

まるで、正寔が一人になるのを待っていたかのように、じわじわと彼を追ってくる。常に、一定の間合いをとり、追ってくる。その気配は、少なくとも、五〜六人。

(鮫小紋の男は、このための囮だったのか)

正寔は瞬時にそこまで察した。

でなければ、彼が一人になるときを狙って襲うなど、あまりにも出来過ぎている。

(六人か)

背後の足音を確認して、正寔は無意識に足を速めた。

できれば、ここでは何事もなくやり過ごしてしまいたかった。

迫り来る六人の刺客は、おそらく均一に腕がたつ。一人で、ほぼ同じ力量を有する敵六人を瞬時に葬り去る術は、ない。

それ故正寔は、更に足を速めてみた。

こちらが尾行に気づいたと相手に知らせることで、或いはそれ以上の尾行を諦めることもある。

だが先方は、足を速めた正寔の歩調に、完全に歩調を合わせてきた。

暗殺者の歩調であった。

（最早、これまでか――）

正寔は観念した。

実力の伯仲した六人の刺客と、まともにやり合わねばならないということを。

誰踏みそめて恋の道
巷(ちまた)に人の迷うらん

観念した瞬間、日頃馴染んだ謡曲(ようきょく)が、正寔の口をついた。意外にも、朗々たる美声である。

すると、まるでそれが合図であったかの如く、

ザッ、

ざッ、
ザン、
背後から、同時に三人が襲来した。

瞬時に半歩退いてそれらの刃を躱しざま、正寔は強く地を蹴った。

「がぁッ」

身を捻りざま、目の前にいた男の鋒を撥ね、一刀に斬り下げた。

言うまでもなく、その男は、即死。

だが正寔が地を蹴ったのと、刀を振り下ろしたのとは、ほぼ同じ瞬間のことだった。

更に正寔は、返す刀で、そのすぐ隣にいた男の首の付け根を強打した。

しゃわッ、
と激しく血を飛沫かせただけで、断末魔の声もなく、その男は頽れた。

瞬きする間の出来事である。

二人が瞬時に絶命したことで、殺到した一陣は、狼狽した。

だが、安堵する暇もなく、すぐに第二陣が訪れる。

背後から来る三人は、前の三人よりも更にタチが悪かった。三人で、ほぼ同時に、正寔の正面、左右を襲ってきた。

跳躍に継ぐ跳躍で、辛(から)くも彼らの刃を躱(かわ)していたが、体力がもたない。

ぎゅんッ、
鋼(はがね)の擦れる音をさせながら、その切っ尖を鍔元(つばもと)で跳ね返しざま、目の前の敵を一刀に斬り捨てようとしているのに、どうしても斬れない。

二合三合…三合四合と斬り結ぶのはできれば避けたい。まともに複数の敵とあたるのは、徒(いたずら)に体力を消耗するだけだ。

(くそッ)

正寔は焦った。

焦れば焦るほど、無駄な動きをしてしまう。無駄に刀を振るい、無闇に敵を殺そうとする。だが、敵は一向にその数を減らさない。

(死ねッ)

全く弱る様子を見せぬ敵に対しては、果たしてどうするべきだと、六兵衛は教えてくれたろうか。

正寔は懸命に思い出そうとした。

(なんだ、こいつらは。虫かッ)

斬っても斬っても、一向いなくならない。次から次へと湧いてきて、正寔を嘲笑(あざわら)っているとしか思えぬ刃にゾッとしながらも、正寔は懸命に戦った。

「ええいッ、やかましい虫めッ」

激しく怒声を発しつつ、もうすぐ自分が命を失うのだということを、正寔は予感した。

仕方のないことだ、と正寔は思った。

これまで随分、楽しいことがあった。人の身に起こる幸運の量は、多分公平だ。ならばそれでいいではないか、と観念したのだった。

五

「…殿様、殿様」

遠くで、自分を呼ぶ声がする。

周囲は暗く、目を凝らしても、なにも見えない。

「殿様」

おそらく絹栄だろう。相変わらず、小娘のような声音である。

だが。

「唵……阿毘羅吽欠……」

自分を呼ぶ絹栄の声が、いつしか、低く囁かれる呪文に変わっていた。

「唵阿毘羅吽欠……娑婆訶、唵阿毘羅吽欠娑婆訶」

(なんだ?……真言の秘法か)

見ればそこは、どうやら仏堂の中である。

頭に黒く尖った頭巾をつけ、篠懸を纏った修験者が、炎の前で印を結びつつ、懸命に真言の呪文を唱えていた。

「唵阿毘羅吽欠娑婆訶、唵阿毘羅吽欠娑婆訶」

護摩壇には炎が燃えさかり、濛々と煙がたちのぼっている。そのため、狭い堂内には炎の熱気と煙とが満ち、大変息苦しい。

(いやだ。外へ出よう……)

慌てて踵を返し、逃げ出そうとした途端、

「我慢なされ、若ッ」

修験者から叱責された。

驚いて顧みると、修験者は六兵衛だった。

「これも、修行じゃ」

正寔を睨んだ六兵衛の顔が恐ろしく、足はその場でピタリと止まる。

(何の修行だ)

訴えたかったが、恐ろしくて足が竦むばかりか、声もだせない。それもその筈、正寔はまだ十になるかならぬかという子供なのだ。

(く、熊野だ)

正寔は漸く思い出した。

(ここは、熊野だ)

子供の頃、修行と称して、六兵衛に、熊野の山中に連れて行かれたことがある。山中を駈けまわり、獣とともに暮らすのは存外愉しかったが、日に一度おこなわれる護摩焚きの儀式だけは苦手だった。

堂の中は狭くて暑苦しいし、なにより、護摩壇の前で呪文を唱えている六兵衛が恐ろしい。

「唵阿毘羅吽欠裟婆訶、唵阿毘羅吽欠裟婆訶」

はじめのうちは低く囁くようだった呪文が、次第に熱を帯び、声も激しく震えを帯びている。

(これのどこが、忍びの修行だというのだ)

正寔は悲鳴をあげたかった。

「さあ、若もこちらへ来て、大日如来(だいにちにょらい)の真言(しんごん)を唱えなされ」

(いやだ!)

正寔は心で叫んだ。

「さあ!」

「いやだ!」

漸く声がだせた、と思ったとき、正寔は夢から覚めた。

「殿様!」

心配そうに覗き込む絹栄の顔がすぐ目の前にあった。

(え?)

「お気がつかれましたか、殿様」

自宅の寝間で、軟らかい褥(しとね)に身を横たえている。

(息をしておるのか?)

自らの体に問いつつ、少しく身動(みじろ)ぎすると、その途端、

「痛ッ」

体中に激痛が走った。

やはり、相当斬られているようだ。

ゆっくりと記憶を手繰るまでもなく、

「六兵衛、殿様が目を覚まされましたよ」

絹栄は部屋隅に控える六兵衛を呼んだ。

「若」

「六兵衛？」

枕元に躙り寄り、正寔を覗き込む六兵衛の顔は、いまは見馴れた七十の老爺のものだが、その中味が、熊野の山中で正寔を怯えさせた頃とさほど変わっていないことを、思いがけず正寔は知った。

（だから、あんな夢を見たのか）

思うそばから、身のうちに死の恐怖が甦る。

六人の刺客のうち、二人まではなんとか斃したが、そのあとが問題だった。残る四人から、間断なく、順繰りに斬りかかられると、たった一人で相手をしている正寔の体力はどんどん消耗する。

（最早、これまでか――）

ほぼ諦めかけたとき、不意に形勢が逆転した。

「うぎゃッ」

「んん──」

「ガァッ」

正寔が刃を合わせていた一人を除く三人の敵が、短く呻いて絶命した。

（なんだ？）

「まだまだ、若い者になど、ひけはとりませぬぞ、若」

言いざま六兵衛は、正寔に斬りつけている男の背後に素早く忍び寄った。

六兵衛の出現に気づいたその男が、一旦飛び退いて体勢を立て直そうとしたときには、もう遅かった。

「…………」

そのとき、六兵衛の姿が僅かに揺らぐのを見た。まさに、《霞》かと見紛うかそけさだった。

男は六兵衛に斬られて瞬時に絶命したが、それを見届けることなく、正寔も意識を失った。腋の下を伝う冷たい感触を、てっきり冷や汗だとばかり思っていたが、あれは己の血であったのかもしれない。

（六兵衛に、助けられたか）

ほろ苦いと言えば、これほどのほろ苦さはないだろう。

(老いたのは、六兵衛ではなく、俺のほうだ)

内心、忸怩たる思いにかられながら、

「しかし六兵衛、何故あの場に居合わせた」

正寔は問うた。

「見損なってもらっては困ります」

些か胸をはって六兵衛は応えた。

「この六兵衛、若のご危難とあれば、何時如何なるときでも、駆けつけまするぞ」

「本当に、六兵衛がいてくれて、ようございました。…殿様の身になにかあったら、私、生きてはおられませぬ」

正寔を見つめる絹栄の目には、言うまでもなく、うっすら涙が滲んでいる。目を閉じて、声だけ聞いていると、若い娘に掻き口説かれているかのように錯覚する。

「すまぬ」

正寔は素直に詫びた。

意識を失った状態で屋敷に担ぎ込まれた正寔を見て、絹栄がどれほど衝撃を受けたか、想像に難くない。己の妻にそんな思いをさせてしまったことを、正寔は心底申し訳なく思った。

第四話　黒幕の影

一

新八郎が屋敷に戻ってきたのは、その翌々日の午（うま）の刻過ぎだった。

「随分かかったのう。あれから、一睡もしておらぬのか？」

負傷を理由に勤めを休んでいた正寔が問うと、

「ええ、まあ」

さすがに冴えない顔色で新八郎は応える。

吉原の大門（おおもん）の前で別れてから、実に丸三日が過ぎていた。

「で、どうであった？」

「それが——」

新八郎の口調は、どうにも重い。

或いは、腹が減っているのではないかと思い、

「なにか食べるか？」

正寔は問うたが、

「いいえ」

新八郎は首を振る。

「では、男の住み処がつきとめられなんだのか？」

「いいえ、それはつきとめました。奴の住み処は、谷中の感応寺近くの裏店でございます」

はっきりした口調で答えるものの、依然として顔色は悪く、どこかうち沈んだ様子である。

「で、どういう男だったのだ？」

「大家には、近江浪人、檜山新右衛門と名乗っておりましたが……」

「違うのか？」

「それが……」

「ええい、はっきりせぬか、新八郎ッ」

一緒に話を聞いていた六兵衛が、業を煮やして声を荒げる。

その瞬間、新八郎の体がビクリと大きく震えるのを見て、

「やめぬか、六兵衛」

正寔は厳しく六兵衛を制止した。

「三日も寝ずの番をして、疲れきっている者の耳許で、大声を出すものではない」

「これはしたり、若。それがしの若い頃などは、三日はおろか、五日や六日寝ずとも、どうということはありませんでしたぞ。たかが三日くらいで音をあげるなど、伊賀者の風上にもおけませぬぞ」

（この太平の世に、忍びが、五日も六日も寝ずの勤めに赴くようなことがあるか）

六兵衛の主張を、正寔は内心片腹痛く思って聞いていたが、なにも言い返さなかった。

ここで、彼と六兵衛が言い合うことは、疲労の極にある新八郎を一層憔悴させるだけだ。だが、

「その、檜山新右衛門なる男は――」

決して、疲れても弱ってもいない、と証明するためか、新八郎は不意に語調を強くした。

「もうこの世におりませぬ」

「なに？　どういうことだ？」

「今朝方、火盗改(かとうあらた)めの与力と同心たちが奴を捕らえにまいりまして……」

「なに、火盗が？」

「はい。…ですが、奴は激しく抵抗いたしまして……」

「斬られたのか、火盗の同心に？」

「いえ、同心は、腕のたつ者三人でございましたから、刀の棟で肋(あばら)を叩き折られまして、結局は捕縛されました」

「それで？」

「どういうことなのか、探らねばならぬと思い、火盗改めの役宅までついて行きました。それで、役宅に忍び込んだのですが……」

「よく入れたな、あんな恐ろしいところに。見つかったら、ただではすまぬぞ」

「それは、まあ、なんとか……」

新八郎が口ごもったのは、又候(またぞろ)六兵衛に叱責されはせぬかと、案じたためだろう。

「それで、どうなったのだ？」

それ故正寔は、六兵衛に口を挟む余地を与えまいと、矢継ぎ早に問いを発した。

「すぐに吟味がおこなわれ、なかなか口を割らぬため、拷問されたようでございます」

「拷問にかけられるということは、奴は盗賊の一味だったのか」

「はい、そのようです。《雁金》の箕吉という盗賊一味の手下で、《ぎやまん》の新吉と呼ばれておりました」

「どういうことだ？　盗賊一味の手下が、猪太郎たちを金で雇って火付けをさせようとしたのは何故だ？」

「わかりません。……拷問にかけられた新吉は、まもなく死んでしまいました」

「なんと！」

　正寔は絶句した。

　火盗改めの拷問の凄さを知らぬわけではないが、そのやり方は、最大限の苦痛を与えることに主眼をおいており、科人の命を危険にさらす類のものではないはずだ。

　火盗の与力や同心は、押し込みや火付けの現場では容赦なく下手人を斬り捨てるが、その押し込みや火付けの計画をつきとめるために、細心の注意を払って探索をおこなう。折角捕らえた手下を、拷問で殺してしまうなど、あってよいことか。

「捕縛に来た同心たちと、かなり激しくやり合っておりましたので、そのときの手傷が致命傷になったのかもしれませぬ」

正寔の顔に浮かんだ困惑を目敏く察したか、遠慮がちに、新八郎は言った。

「なるほど」

拷問を受ける前から、致命傷を負っていたとすれば仕方ない。

「死んでしまったか……」

唯一の手がかりが潰え、正寔が途方に暮れかけたとき、

「実は、少し気になることがありまして」

遠慮がちに新八郎は切り出した。

「ん？」

「檜山新右衛門……いえ、《ぎやまん》の新吉は、一昨日、吉原からの帰りに、日本橋の唐人宿に立ち寄っているのです」

「唐人宿……長崎屋のことか？」

「はい」

「何故、長崎屋に？」

正寔の呟きは、新八郎にではなく、自分自身に向けられたものだった。

檜山新右衛門こと、《ぎやまん》の新吉が吉原の大門から出て来たのは、正寔が襲撃された翌日——丸一日流連(いつづけ)た翌朝のことだった。

被っていた編み笠は妓のところへでも忘れてきたのか、月代(さかやき)もろくに剃っていない蓬髪(ほうはつ)が、剝き出しだった。だが、吉原から朝帰りする者は、だいたい似たり寄ったりのだらしない姿をしている。

新八郎にとって重要なのは、その男の顔に見覚えがあるかどうか、その一点だけだ。決して善人とは言い難い男の顔には、後朝(きぬぎぬ)の余韻でも愉しんでいるのか、終始いやらしい薄笑いが滲んでいた。その男のあとを、新八郎は尾行(つ)けた。

大門を出てしばらく行くと、男は、浅草寺前の鰻屋(うなぎや)に入った。朝といっても、既に辰(たつ)の刻過ぎだ。店は開いている。吉原帰りで、精をつけたい客をあてこんでもいるのだろう。

男は、一刻ほど店にいて、やがて出て来たときは、大門を出たときよりも更に上機嫌であった。蓋し(けだし)、酒もたらふく呑んだのであろう。

男は上機嫌のまま、前日と同じく、盛り場を漫ろ(そぞ)歩いた。

浅草から、蔵前(くらまえ)、柳橋(やなぎばし)と馴染みの店をはしごした挙げ句、男の足は、日本橋方面に向く。

老舗の大店が建ち並ぶ町並みをふらふらと辿って行き着いたのは、俗に、唐人宿と呼ばれる、薬種問屋の長崎屋源右衛門方だった。

当主の源右衛門は、薬種問屋の家業を継ぎつつ、出島の商館長が江戸に参府した際の定宿として自邸を提供している。

阿蘭陀人の宿である以上、当然一般人の出入りは禁止されている。

勿論、建前だ。

折角阿蘭陀の商館長が江戸に来ているのだ。密かに商談したい、と思う商家の主人は少なくないだろう。故に、商館長の滞在中、長崎屋には、来訪者があとを絶たない。だが、吉原から朝帰りのその男が、そうした目的で商館長を訪ねる者だとは、到底思えなかった。

それ故、何故彼が長崎屋の暖簾をくぐって中に踏み入ったのか、気になった。気にはなったが、ここで忍び入ってよいものかどうか、新八郎は逡巡した。忍び入って、もし見咎められれば、それ以上の尾行が困難になる。とりあえず、その男の住み処が判明するまでは、余計な行動はとるまい、と思った。

根気よく谷中の裏店まで追い、もうこれで、正寔に報告できると思ったとき、けたたましく溝板を蹴りながら、火盗改めの捕り方たちが現れた。

「火付盗賊改方である。《ぎやまん》の新吉、神妙にお縄につけぃッ」

もとより、二つ名で呼ばれるような男が素直に従うわけもない。

「くそぉッ」

腰に帯びていた大刀を抜き放ちざま、新吉は火盗の同心めがけて斬りかかった。

日頃侍の姿をしているだけに、新吉は、大刀の扱いには長けていた。

「うがぁ〜ッ」

兎に角、壮絶に暴れまくった。

(火盗の役人相手に刀をふりまわすなど、よくよくの阿呆だな)

新八郎が思うのも、無理はなかった。

だが、見ているだけで、なにもできない。

同心たちは慣れた物腰で男に攻撃を加えていった。その一撃が、ものの見事に男の脇腹にあたり、それきり男は抵抗をやめた。

縄をうたれて連行される男を更に尾行けると、ほどなく彼らは火盗改めの役宅に到着した。

火盗改めの頭は、大抵御先手組の組頭も兼ねているため、そこは同時に、御先手頭の役宅でもある。

少し考えたが、もう少し詳しい事情を知りたいという思いもあり、新八郎は役宅に忍び込んだ。もし見つかれば、場所が場所だけに、主人である正寔に迷惑がかかってしまう。

当然、死を覚悟した。

「そんな無理をせずともよいのだ、新八。戦国の昔ではあるまいし、主君のために命を捨てようなどとは思うな」

話を聞き終わったとき、先ず正寔は、新八郎を諭した。

「己の命を粗末にしてはならぬ」

「はい」

父親のような正寔の言葉に、蓋し新八郎は戸惑ったことだろう。六兵衛のことだ。日頃から、「主君のためなら、命を捨てよ」と言い聞かせてきたに決まっている。

「それで、その者——《ぎやまん》の新吉だったか？」

「はい」

「新吉は、唐人宿で何刻ほど過ごしたのだ？」

「それほどは…確か、四半刻ほどであったかと——」

「ふうむ、誰と、何の話をしたのであろうな」

「肝心なことを調べてないのか、このたわけがッ」

六兵衛がまたもや横合いから口を出すのを、

「よいから、お前は黙っていろ」

頭ごなしに、正寔は叱った。

横からごちゃごちゃと口を出されては、考えが一向にまとまらない。

「《ぎやまん》と呼ばれているからには、長崎と何らかの関わりがあるのだろうな」

「新吉が与している《雁金》の箕吉という盗賊一味のほうから、新吉という男が何者であるか、探ってみましょうか？」

「いや、それはやめておこう」

新八郎の提案を、内心妙案と認めつつも、正寔は即座に首を振った。

「何故でございます？」

「《雁金》の箕吉一味のことは、火盗が懸命に探索しているのであろう。折角捕らえた一味の新吉を死なせてしまったことは、相当な痛手の筈だ。そんなとき、こちらが勝手に一味に接触するような真似をして、万が一にも取り逃がしてしまうことになれば申し訳ない」

「しかし……」

「こちらは、長崎屋のほうからあたってみるとしよう」

己に言い聞かせるように呟くと、正寔の表情はふと明るくなった。

「そうだ。それがよい。……お前たちは、交替で、村上大学を見張れ。友直に任せておけば間違いはあるまいが、なにがあるかわからぬしな。付け火を邪魔され、敵も、焦っているかもしれぬし——」

六兵衛と新八郎に言い聞かせているとき、廊下の外れから、衣擦れが聞こえてくる。

(そろそろ昼餉か)

思うほどもなく、

「まだご無理をなさらないでくださいましね、殿様」

粥の入った土鍋と茶碗をのせた膳を恭しく捧げながら、絹栄が部屋に入ってきた。

膳を褥の枕元に置きながら、六兵衛と新八郎には、それとなく、出て行くように目顔で促す。

負傷を理由に、正寔は勤めを休んでいるが、思ったほど深手ではないため、四六時中横になっている必要はない。だが、

「いけませぬ、殿様」

絹栄は頑として、正寔が動くことを許さなかった。

「傷口が開いてしまいます」

「ほんの浅傷じゃ。大事ない」

「でも……」

絹栄は忽ち涙目になって口ごもる。

これには弱い。己の女房の泣き顔を四六時中見ていたいと思うような男が、もしこの世に存在するなら、そんな奴とは口もききたくない、と常々思っている正寔である。

「わかった。いま少し、休んでいよう」

一応絹栄の言葉に従い、床の上にいるが、膳の上の土鍋の蓋がとられ、湯気のたつ粥を見ると、さすがに閉口した。

「別に病人ではないのだから、普通の飯でよいのだぞ」

「でも、怪我をしてお体が弱っているときは、消化のよいものを食するのがよいのではありませぬか？」

「ではせめて、玉子粥にしてくれぬか。これでは精がつかぬぞ」

正寔は懸命に訴えた。

「そう思うて、細かく刻んだ鮑を入れてございますが、玉子粥のほうがよろしゅうございましたか？　いますぐ、作り直しまする——」

「いや、それでよい」

いまにも膳を持って立ち上がりかける絹栄を、正宦は慌てて押し止めた。

「折角作ってくれたのだ。それをいただこう」

「はい」

絹栄の差し出す茶碗と木匙を受け取ると、その途端、香ばしい磯の香りが正宦を包み込んだ。

（美味い……）

ワタの苦み、微妙な塩味、舌にのせた途端溶けそうな鮑の柔らかさ——。

まさしく、至福の瞬間だった。

（どうだ、半次郎。こんな美味い粥を作ってくれる女房など、滅多におらんぞ）

二

「これは、長門守様」

平装でふらりと店先に現れた正宦をひと目見て、主人の源右衛門は恭しく頭を下げた。

長崎奉行時代、江戸へ戻った折には何度か訪れており、勿論顔見知りである。

カピタン（商館長）の江戸参府は年に一度だが、それ以外でも、江戸に用のある商館員や通詞などが来た際には、必ずこの商家に滞在するきまりになっている。そのため、別名「江戸の出島」とも呼ばれる。

「お久しゅうございます」

と恭しく挨拶しながらも、源右衛門は怪訝そうな顔をした。

正寔が長崎奉行の職を離れてから、一年が経つ。奉行でない者がこの家を訪れるとすれば、その用件は唯一つ。即ち、

「本日は、人参をお求めでございますか？」

源右衛門は正寔に問うた。

「うん、近頃年のせいか、疲れがひどくてな。よい人参はあるか？」

長崎屋は代々唐人参（薬用人参）の専売を、幕府から許されている。人参は非常に高価な品であるが、この時代最も有効な薬とされているため、安定した収益をあげることができる。当然、家業が充分潤っている上に、長崎会所からも役料を支給されているため、内情はかなり裕福である。

だから、主人の源右衛門には余裕があるし、使用人たちもどこかのんびりしているように見える。

「人参は、前回入荷したぶんがほぼ売れてしまいまして、次の荷を待っているところでして――」

「そうか。次の荷は、いつ頃入るかな？」

さり気なく店の中を眺めまわしながら、気のない様子で正寔は問うた。

商館の者が滞在しているときは、蘭学に興味のある学者や文化人はもとより、ひと目異人を見たい、という興味本位の野次馬まで集まってきて、店の中はいつもごった返しているものだ。

「長崎からは、誰も来ていないようだな」

あくまで世間話のていで、さり気なく正寔は口にした。

「いえ、通詞（つうじ）の方がお見えになってますよ。なんでも、江戸に、なにかご用があるそうで」

「通詞？　一人でか？」

「いえ、他の商館員の方と、お三人様で」

「阿蘭陀人が三人も来ているというのに、店の中はいやに静かではないか」

「なんですか、おしのびのご用とかで、あまり人には会われませぬ。商館の者が来ていることも、外には漏らさぬようにと頼まれました」

「そうか」

納得する風を装い、正寔はこの話題を一旦打ち切ろうとし、だが、試しに、

「ああ、そういえば、昨日か一昨日、浪人者がこちらを訪ねて来なかったかな？」

如何にもついで、といった感じで尋ねてみると、

「檜山様でございますね」

事もなげに、源右衛門は応えた。

「おお、その檜山じゃ。やはり、来たか」

「はい。長門守様もご存知の御仁でございましたか。通詞の方とも、長崎の頃からのお知り合いらしゅうございましたので、お通ししたのでございます」

「そうそう、長崎の頃にな」

「では、長門守様も、お会いになられますか？」

「いや、儂はいい。……微行（しのび）の用で来ているのだ。いまはもう奉行でないとはいえ、お上の御用を務める者には会いたくないであろう」

「左様でございますか」

「ああ……檜山が来たなら、それでいい」
　正寔は適当にお茶を濁した。
「邪魔をしたな、源右衛門。今度は、人参が届いた頃にでも、また参ろう」
　そして、さあらぬていで、長崎屋をあとにした。
「申し訳ございませぬ」
　正寔の背に向かって、源右衛門が深々と頭を下げたそのとき、折しも、この家の斜向かいにある時の鐘が、けたたましくときを告げはじめた。
　がごぉ～んッ、
　がごぉ～んッ、
　がごぉ～んッ、
　がごぉ～んッ、
　鐘はゆっくりと四度鳴った。四ツであった。
　一旦長崎屋の店舗をあとにした正寔は、鐘の音から逃れるように足をはやめ、本石(ほんこく)

町三丁目の辻を左へ折れたが、折れるとすぐに十軒店(じっけんだな)の前で足をゆるめた。

小間物屋の前で足を止め、櫛(くし)や簪(かんざし)を少しひやかしてから、つと踵(きびす)を返す。元来た道を素早く戻り、長崎屋の裏口にまわりこんだ。

唐人宿とはいうものの、長崎屋の本業はあくまで薬種問屋である。宿屋としての独立した建物があるわけではない。店舗の奥の大きな母屋の一部を、宿として貸しているのだ。

何度か訪れているので、家の間取りは概(おおむ)ね頭に入っている。

(檜山……いや、《ぎやまん》の新吉が会いに来た通詞というのは、一体何者だ？)

裏口の戸を普通に開けて、正寔はそこから中に入った。

高価な人参を扱っているため、表には常時腕のよい用心棒を配しているが、裏口はほぼ無防備だ。そして、他人の家屋に断りもなく忍び入る際の作法を、正寔は知っていた。

土蔵の陰に身を潜めてしばし気配を探る。人が近づいてくる気配がないのを充分に確認した上で、人気(ひとけ)のない庭の中をスルスルと進んだ。

塀に沿って庭木が植えられ、石を敷き詰めた通路が、家の縁先へと続いている。商家とはいえ、ちょっとした武家屋敷のような風情である。

目的の場所は池のある中庭で、阿蘭陀人の宿泊する部屋は、庭に面している。池の片側に並べられた大きな石の陰に身を隠しながら、正寔は部屋の中を覗き込んだ。

「…………」

中からは、あたり憚らぬ人声がしていたが、阿蘭陀語であるため、なにを言っているかは理解できない。奉行時代、多少言葉は学んだので、日常会話程度ならいまでも可能だが、阿蘭陀人同士に早口で喋られてしまうと、さすがに厳しい。

「…………」

話し声が近づいてきたのは、阿蘭陀人が縁先に近づいてきたためだろう。正寔は更に身を低くした。身を低く保ったまま、顔だけあげて盗み見る。

ほどなく縁先に顔を見せたのは、正寔にも思いがけぬ人物だった。

(あれは……)

紅毛碧眼の男たちは二人とも、胸まではだけた白い上衣に、赤い天鵞絨の下履きを穿いている。濃く髭を生やしている上、昼間から酒でも喰らっているのか、ともに赤い顔をしているため、二匹の赤鬼が人を食う相談でもしているようにしか見えない。

(誰か、来る)

だが彼らをひと目見ただけで、正寔はすぐさま踵を返した。

店の小女が、バタバタと裾を乱しながら、勝手口から飛び出して来たのだ。正寔は素早く身を隠し、やりすごした。

(あいつは……通詞なんかじゃないだろう)

それから通りに出て、急いでその場を立ち去るまで、正寔の脳裡にはその男との経緯(いきさつ)が渦巻きはじめている。

(なのに、なんであいつが江戸にいるんだ)

柄(がら)にもなく、混乱していた。

(とにかく、半次郎に話そう……)

足が、無意識に、林友直のいる村上邸に向いた。

馬喰町一丁目の辻を過ぎたところで、尾行けられていることに気がついた。

(さては、長崎屋から出るところを、誰かに見られたか——)

尾行に気づくと、正寔はすぐさま行き先を変えた。

何処の誰だか見当もつかぬが、もし村上大学の命を狙う一派の者だった場合、わざわざ刺客を連れて行くことになる。

だが、気づいているということも先方には知られたくないので、目的があるような足どりを変えずに行く。

四丁目の辻——向かって左へ折れれば郡代屋敷、右に行けば廣小路方面に出るというところを、どちらにも曲がらず、真っ直ぐ浅草御門に向かって進んだ。

御門から外へ出ると、神田川を渡って更に真っ直ぐ、浅草御蔵のほうに向かって歩いた。正寔の目的は、人気のないところへ尾行者を誘うことにある。

尾行者が複数であれば、たとえ白昼でも、襲撃されることを用心しなければならないが、どうやら尾行者は一人であった。

彼の目的は、正寔の動きを探ることだろう。

誰の手の者かは知らぬが、こちらの手の内を読ませることは好ましくない。

正寔は、相手に気取られない程度に足を速めてゆく。

尾行者との距離は自然と離れる。引き離されまいとすれば、尾行者も足を速めるしかない。

正寔の巧妙な誘いに、尾行者は易々とのった。足音を消しているところを見ると、忍びのような気もするが、尾行はあまり巧くないようだ。

御蔵前には、米を運び出す人たちが溢れている。米俵を荷車に積み込む一団、逆に荷を運び込む者たち……大変な混雑だ。目的の人物の背を見失わぬためには、一途に足を速めるしかない。

御蔵前を行き過ぎる際、正寔は更に足を速めた。尾行者は、尾行に気づいた正寔が、彼をまこうとしていると思うだろう。

御蔵前の広い通りを過ぎると、その先はかなり広めの火除け地になっているため、めっきりと人気(ひとけ)は減る。火事でもないのにこんなところをうろうろする人間はいないからだ。

(そろそろ顔を見てやるか)

正寔は不意に足を止め、背後を顧みた。

疎(まば)らな人通りの中に、明らかな武士の風体(ふうてい)をした者は二人。一人は不精髭(ぶしょう)の浪人者で、賭場で有り金残らずすってきたところか、血走った目をしているが、腰の二刀は一見してわかる竹光だ。大方(おおかた)質にでも入れてしまったのだろう。

もう一人は、黒っぽい旅装束の男だった。

(あいつか)

その旅装束の武士の顔をはっきりと確認したところで、正寔は踵を返し、再び歩き出した。

正寔の身ごなしは、常人の目には瞬き一つする間のことにすぎない。

つまり一瞬のことであり、おそらく見られたほうも、見られたことには気づいていないであろう。

(あの男……)

その男の顔には、無論見覚えがある。

記憶の糸を手繰ることは、最前長崎屋の客間の縁先で見た阿蘭陀人の顔を思い出すよりもずっと容易かった。

(名は、確か、弥助といったか?)

昨年、長崎から江戸に帰参する道中の途次でつい踏み入った御岳山中。そこで遭遇した刺客四人による暗殺の、その刺客の一人にほかならなかった。

(矢張り、六兵衛についてきやがったか)

あの折、正寔に向かって即座に斬りかかってきた短気な弥助の顔はしっかりと見覚えていた。だが、弥助のほうは編み笠を被っていた正寔の顔を見ていない筈だ。

それなのに、いま弥助が正寔を追っているのは、あとを追わせた六兵衛が逆に利用され、あとをつけられたからにほかなるまい。

(久しぶりで見せてもらった《霞斬り》こそは見事だったが、矢張り老いたな、六兵衛。調べたつもりで、逆にお前が調べられていたのだぞ)

心中舌打ちしつつ、正寔はなお早足で行き、律儀に尾行けてくる弥助を存分に翻弄してから、龍寶寺の門前あたりでまいてやった。幸い縁日で、すごい人出だったのだ。

尾行者を完全にまいたあとは、歩調を弛めてゆっくりと帰宅した。

帰宅した途端、更に驚かされる事態が待ち受けていようとは夢にも知らずに——。

三

「兄貴の家へなんか、金輪際行かねえよ」

と言い放って以来、正寔の前に顔を見せていなかった林友直が、自ら発した言を反故にし、屋敷へ訪れた。

「なに、半次郎が」

ただならぬ事態の出来を正寔は覚った。

あれほどの暴言を吐いておきながら、自ら正寔の屋敷を訪れるのはよくよくのことだ。

林友直は、そう簡単に己の言を翻すような男ではない。

「すぐに通せ」

正寔の居間に通されるなり、林友直は、

「すまん、三蔵兄ッ」

正寔の前に、両手をついた。

「どうした、半次郎？」

平伏した友直を前に、正寔は当惑した。

友直の背は、激しく震えている。まるで、嗚咽を堪えているかのようだ。そんな友直を見るのははじめてで、正寔はただただ戸惑うしかない。

「顔をあげろ、半次郎。それでは話が聞けぬではないか」

促されて、友直は漸く顔をあげた。だが、

「…………」

すぐに言葉が口をついて出ないのは、動揺と混乱がそれほど甚だしいということだろう。少なくとも、日頃の友直をよく知る正寔にとって、それはかなり奇異な光景だった。

「どうしたんだ、半次郎？」

それ故、重ねて同じ問いを発するしかなかった。

「だ、大学が……」

「大学が？」

「連れ去られた」

「なに？」

　友直の答えに、今度は正寔が仰天する番だった。

「どういうことだ？」

　なにしろ、友直に対しては全幅の信頼をおいている。友直に限って、よもや不覚をとることはあるまい、と信じきっていた。

「すまん、三蔵兄ッ」

　友直も再度、同じ言葉を口にした。

　友直は、腕も弁もたつ、所謂(いわゆる)才人だ。そんな彼が、ただただ同じ言葉を繰り返すしかない、というところに、正寔は事態の深刻さを感じ取った。

「一体なにがあったのだ？」

「俺が悪い」

　言うなり友直は、腰の脇差しを抜いた。

　正寔は更に驚く。

「三蔵兄にも、大学にも申し訳がつかぬ。故に死ぬ。死んで詫びる――」

大きく振りかざし、己の腹へと突き立てようとするその手を、

「やめよ」

慌てて飛び寄り、正寔は止めた。

はずみで刃が滑り、正寔の手を多少傷つけたが、それどころではない。

「なにがあったか、有り体に話せ。死ぬのはそのあとにせい」

「………」

「貴様、己の為したることの責任もとれぬほど、情けない男になりはてたか」

正寔の叱責は、さすがに腹に応えたのだろう。

「では、話したあとでなら、腹を切ってもいいか、三蔵兄？」

真顔で、問うてきた。

「いいから、話せ。大学の命がかかっているのだぞ」

「だが、大学はもう……俺は、大切な友一人守ることもできなんだ。こんな情けない男は、最早死してお詫びするしか――」

「たわけがッ」

友直の胸倉を摑んで引き起こしざま、既にぐしゃぐしゃに泣き濡れているその顔面

に、一撃拳を叩き込んだ。

ぐがぁッ、
悲鳴とも打撃の衝撃音ともつかぬ音声とともに、友直は悶絶した。

「うぬは、なにを勘違いしておる。大学が姿を消したのは、大学自身の意志かもしれぬではないか。もし、大学の命を狙う者の仕業とすれば、連れ去るなどという間怠っこしいことをせず、その場で殺せばすむ話だ。白昼、大の男一人を、人目につかぬよう拉致するなど、至難の業じゃぞ」

「兄貴……」

正寔の言葉に、友直はぼんやりと聞き入った。

「よい加減、頭を冷やせ、半次郎ッ」

頭ごなしに怒鳴りつけられると、おとなしく項垂れる。

「なにがあったのだ?」

正寔は再度問うた。その途端、

「うわぁあぁ〜ッ」

友直は天を仰いで号泣した。

四十半ばを過ぎた男の、手放しの号泣というものを生まれてはじめて見た正寔は、すっかり毒気を抜かれてしまい、ただ放心して待つほかなかった。正気に戻った友直が、ことの次第を詳細に説明してくれるのを——。

林友直の悪夢のような号泣がやんだのは、実にその半刻後のことだった。泣きやんだ友直は、やがて訥々と、事の次第を語りはじめた。

一昨日、暇を持て余した友直は、村上家の前で素振りをしていた。そこへ、

「友直ではないか」

と声をかけられた。長崎遊学中に知り合った蘭学者であった。久闊を叙した後、

「久しぶりに、ゆっくり話したい。酒でも飲もう」

と誘われた。

もとより友直に否やはない。だが、いまは村上大学の用心棒をしているため、身動きがとれない。すると、大学自身が、

「どうか、たまにはお出かけください」

と言ってきた。

それでついつい、一日くらいはよかろうと思い、昨日の昼から出かけてしまった。友の家で、ほんの寸刻話をして、帰るつもりだった。だが、その帰路、また別の友

と出会ってしまった。当然一杯やろうということになり、結局木戸の閉まる時刻ギリギリまで飲んでしまった。

上機嫌で村上家に戻ったところ、邸内は蛻の殻であった、と言う。

「だが、昨夜は深酒をして帰ったのだろう?」

正寔は念を押した。

「だとしたら、昨夜のうちに連れ去られたのか、夜が明けてから家に押し入られたのか、わからぬであろう?」

「こ、この俺が、如何に酔っていたからといって、同じ一つ屋根の家の中へ賊に押し入られて、気がつかないと思うのか、兄貴?　俺が、そんなに駄目な奴だと思うのかよ?」

(知らねえよ)

喉元まで出かかる言葉を、正寔は間際で呑み込んだ。呑み込みつつ、

「それで、家の中はどのようなのだ?」

正寔が更に問うと、

「え?」

友直から返ってくる言葉はなく、ただポカンと口を開けるだけだった。

「だから、激しく争ったあとがあったとか、そこらじゅうに血の飛沫いたあとがあるとか、あるだろうが」

「………」

「どうなんだ？」

「争ったあととか、そういうのはなかった気がするけど……」

戸惑いながら、友直は懸命に考えている様子だったが、考えても、結局なにも思い浮かばなかったのだろう。

「すまん、兄貴」

友直は深く項垂れた。

「やはり、腹を切らせてくれ」

「お前が腹を切れば、大学が無事に戻ってくるのか、半次郎？」

「………」

「うぉぉ～ッ、大学ぅ～」

友直は再び号泣をはじめ、正寔は言葉をなくすしかなかった。

（もう、いいから、好きなだけ泣け）

と思った。

元々、感情の量が人よりも相当多めにできているのだろう。嬉しいことがあれば童(わらべ)のように無邪気に大喜びし、腹が立てば全身全霊で怒る。悲しいこと、やるせないことがあれば、手放しで泣くよりほか、術(すべ)がないのであろう。

(しかし、いい歳をした男が……)

手もなく泣きじゃくる姿は、悪いが矢張り滑稽(こっけい)以外のなにものでもなかった。正寔は密かに笑いを堪えるのに往生した。

それから半刻近く、友直は男泣きに泣き続けた。

「大丈夫でございますか?」

その声は容易(たやす)く奥まで響き渡り、心配した絹栄が、密かに正寔を呼んだほどである。

友直に嫌われているとは夢にも知らない絹栄が本気で友直を案じているのが気の毒で、

「案ずるな。なにか悪いものでも食ったのだろう」

と真顔で告げると、

「まあ…でしたら、医師を呼びましょうか?」

だが絹栄は、一層強く眉を顰(ひそ)めて心配顔をする。

「そんな必要はないよ」

「でも…でしたら、せめて薬湯でも煎じてまいりましょうか」

「本当に、大丈夫だから。…あとで、静かになったら、酒の一本もつけてくれ」

「食あたりのときに、お酒など飲んでもよいのですか？」

絹栄は訝ったが、

「よいのだ。あやつは特別なのだ」

と言い切られると、黙って従った。

その後更に半刻あまりも、泣いたり怒ったり、

「これから田沼の屋敷に乗り込んでやる」

と息巻くのを宥めたりと、大変だったが、漸く落ち着いた——というより、疲れきって静かになった友直に酒を勧めるまで、ときがかかった。

（こいつ、こんなに面倒くさい奴だったのか）

内心呆れ返りつつ、正寔は、昼間長崎屋で見かけた人物のことを、友直に話した。

「なに、カピタン・ウィレムだと？」

その名を聞くやいなや、友直は盃を持つ手を止め、大きく目を剝いた。

「まさか。……見間違いじゃないのか？」

「あの顔を見間違うようでは、儂は明日にでも隠居したほうがいい」

「………」

「ウィレムと一緒にいたのは、あの頃の奴の腹心の部下だ」

「しかし、ウィレムは、兄貴のおかげで商館長の座を追われた筈だぜ。とっく本国に帰ったんじゃねえのか」

「それが何故か、阿蘭陀通詞を名乗って、江戸の長崎屋に逗留している」

「抜け荷でも企んでやがるのかな」

「それだけならいいのだが……」

「どうした、兄貴、浮かねえ顔して？」

「俺に仕返しをしようと企んでいるのではないかと思ってな」

「なに、兄貴に仕返しだと！」

　忽ち友直は声を荒げる。

「しっ、大声を出すな、半次郎。いま何刻だと思うておる？」

「だってよぅ……」

　子供を叱るような口調で正寔に諭され、友直は不満げに口を尖らせた。

「少々飛躍しすぎかもしれぬが、どうも、佐野政言の一件から、此度(こたび)の大学の件まで、どこかで繋がっているように思えるのだ」

「まさか……」

「だが、昨年御岳山中で見かけた忍びが俺を尾行けていたのは偶然とは思えん」

「そいつらも、絡んでる、っていうのか？」

「さあ、そこまではわからんが」

「そういえば――」

ふと、なにかを思い出した顔で友直は言いかけた。

「なんだ？」

「大学が言ってたんだが、政言は、あの事件を起こす前、誰かに脅されてるみてえだったそうだぜ」

「なにッ」

正寔は忽ち顔色を変える。

「そんな大事なこと、何故早く言わんのだ」

「………」

「それで、誰になんと脅されていたのだ？」

「さあ、そこまでは聞いてねえけど……」

「何故訊かぬ？」

「何故って、今更そんなこと訊いたって、しょうがねえだろ。若年寄も政言も、死んじまったんだから」

「………」

困惑する友直の顔を、正寔は無言で見返した。長崎の頃はあまり気にならなかったが、どうもこの男、正寔とは全く異なる思考の持ち主であるらしい。

（立場も役目も違っていればそれも当然……とはいうものの、もどかしいものだな）

正寔は心中深く嘆息した。

四

カピタン・ウィレムというのは、正寔の長崎奉行時代、その任を終える一年ほど前に出島へやって来た商館長である。

金と女に汚い男で、公（おおやけ）の取引よりも、脇荷（わきに）にばかり精を出した。脇荷とは、阿蘭陀人による私貿易のことにほかならない。

幕府を相手とする本方（もとかた）商売では、価格も荷揚げの数も厳しく定められているため、それほどの利をあげることはできないが、脇荷ならば、なんの制限もないため、儲け放題となる。

本方の荷の品目は、砂糖・蘇木・白檀・丁字・羅紗・更紗・金巾（キャラコ）・海黄（絹織物）・鮫皮など。脇荷物は、主に、硝子器・時計・眼鏡などだが、これは種類が多く、珍しい高価なものから数多く出回る安価なものまで、価格もさまざまであるため、双方に多大な利をもたらす。それ故、脇荷をどこまで大目に見るかは、奉行の裁量にもよる。

度々問題を起こし、ときに抜け荷まがいの真似までしでかすウィレムを、正寔は常に警戒していた。

あるとき、丸山の遊女を拉致して阿蘭陀船に乗せようとしたことで、遂に正寔は激昂し、

「あの者を商館長の座に据えておくなら、今後我々は貴国との交易を一切お断りする」という意味のことを申し渡し、それは本国にまで知られることとなった。

その後ウィレムは更迭され、本国に帰った筈である。

少なくとも、正寔が奉行の職にあるあいだは、出島で彼の姿を見かけることはなかった。

友直が、見間違いだろう、と決めつけたのも、無理はない。出島は狭いし、どこにいても目立つ異相の阿蘭陀人が、出島以外の場所に潜伏していられるわけがない。だが、脇荷の取引相手には、江戸の富商から、御三家並の大名もいる。彼らの力があれば、異人の一人や二人、容易く匿(かくま)えるのではないか。

カピタンの江戸参府であれば、必ず、大通詞・小通詞の二人が同行するきまりだが、通詞や商館員が私用で江戸を訪れる際には、特に制約はない。カピタンの命(めい)で、脇荷の商談に来ることもあるし、ときにはその商館員自身が、私的に雇った通詞を連れて、脇荷をしに来ることもある。

（そういう者のふりをすれば、長崎屋に宿泊できるし、長崎屋ならば脇荷の取引相手とも堂々と会える――）

そこまで考えたとき、正寔は新八郎を呼び、「長崎屋に逗留中の阿蘭陀人を見張り、奴を訪ねてくる者があれば、その素性を調べよ」と命じた。

村上邸の見張りからとっくに戻っていた新八郎は、すぐさまその命(めい)に従った。

大学とその家族が家から消えた、ということを、なにを隠そう、友直の来訪を待つまでもなく、正寔は知っていた。それ故、狼狽(うろた)え騒ぐ友直を、一方的に宥めることができたのだ。

友直の留守中、以前正寔を松平定信のもとまで案内した例の無表情な用人が村上家を訪れ、大学とその妻子、佐野政言未亡人である大学の妹とその息子を、忍び駕籠に乗せて何処かへ連れ去った、と言う。よもや松平家の用人が、大学たちを害することはないだろうと判断し、新八郎はそのあとを追わなかった。

(どういうつもりだ?)

正寔が心中穏やかならぬ気分に陥ったところへ、林友直が泣きついてきた、というわけだった。

友直を訪ねてきたという旧友の蘭学者とやらも、或いは、そのために定信が遣わしたものかもしれない、と正寔は思った。

(定信という若造、どうも策が多くて面倒だな)

とは思うものの、一方では、それも仕方あるまい、と思う。

将来、幕閣の頂点に立とうと志す者なら、あらゆる可能性を想定して行動しなければならない。正寔とて、彼の想定の中では、数ある駒の中の一つに過ぎないのだ。

(しかし、その駒を使いこなす度量が、貴方様には本当におありかな)

少々皮肉な気持ちで、正寔は思った。

駒には駒の意地もある。一方的に使われるつもりは、さらさらなかった。

翌日正寔は、寝惚け眼の林友直を伴って村上邸を訪れた。

昨晩友直は、酒が入った気易さで言いたいだけのことを言い、「いまのままでは、何れこの国は諸外国に攻撃される」などという自説も吐きまくり、結局柘植屋敷で酔い潰れてしまった。二度と行かぬ、とまで言い切った屋敷で酒を振る舞われた挙げ句、一泊してしまったのだから、呆れてしまう。

「大学の家に行くぞ、起きろッ、半次郎」

叩き起こして、無理矢理伴った。

「今更、蛻の殻の屋敷に行って、なにがあるってんだよ」

友直はぶちぶちと文句を言ったが、結局逆らわなかった。

「馬鹿が。連れ去られたものなら、その行き先を探らねばなるまい。蛻の殻の屋敷には、存外その手懸かりが残されているかもしれぬのだ」

「そんなもんかね」

「なんだ、貴様は。昨夜はあれほど悔いていたというのに、一夜明ければ、己の失態も忘れ果てたかッ」

「すまん、兄貴」

正寔の言葉を聞くと、友直は瞬時に真顔になった。シャキッと姿勢を正し、いつもの林友直の姿に戻っている。

愛宕下の村上屋敷は、もとより無人である。

下働きの小者や小女は、家族が姿を消した時点で、さっさと家に帰ったのだろう。

「半次郎」

「ん？」

「何処から入った？」

「え？」

「昨日この家に戻ったとき、何処から入ったんだ？」

「そりゃ、門から……」

「門番は？」

「え？」

「そのとき、門番はおったのか？」

三百石程度の旗本屋敷でも、門番、槍持、中間(ちゅうげん)、若党、草履取(ぞうりとり)程度の使用人はいるものだ。懐(ふところ)具合が苦しい家だと、それらの五役を、殆ど一人の者がこなすことになる。

村上家にも、門番兼中間・若党の五役を一人でこなす者がいた。おそらく、親の代からの村上家使用人だろう。

友直が戻ったそのとき、その者がいたかどうかを、正寔は知りたかった。

「いなかった」

忽然と、友直はなにかを思い出したようだった。

「いや、時刻も時刻だから、いなくても別に不思議はねえんだが、村上家には、父親の代から仕えている、小六と一蔵という中間がいるんだが、二人とも、どこにもいなかったんだ。いつもなら、交替で屋敷の見張りをしているってのによう。……それで俺は驚いて、なにかあったと、ふんだのよ」

「なるほど」

屋敷の外で見張っていた新八郎は、家族を乗せた駕籠が視界より消えてから直ちに正寔の元へ戻ったため、村上家の使用人たちがその後どうなったのかを見届けてはいない。

「家の中はどうだった？　家の中に、使用人たちはいたか？」

「て言っても、元々、家の中には、奥方の女中が一人と、下働きの小女が一人いるだけなんだけどな。……そういや、二人ともいなかったな」

「本当に、家は蛻の殻だったのだな？」

念を押すつもりで正寔は尋ね、

「そういえば、そうだな。…昨日は大学がいねえってことですっかり動顚しちまったが、仮に、家族を全員拐かすとしても、使用人まで根刮ぎ連れてくってのは妙だよなぁ」

友直も漸く、ことの奇妙さに気づいたようだ。

だがこの場合、家族と使用人は一緒に拉致されたわけではなく、家族が去ったあと、それを見届けて使用人たちが姿を消したのだろうと、正寔は推察している。

(この家の使用人たちは、おそらく皆、越中守の手の者だったのだろう)

とも、考えた。

「ああ〜、なんだ、この有様は〜ッ」

「どうした、半次郎！」

友直の突如の大声に我に返った正寔が、直ちにそちらへ向かうと、部屋の中の家具や調度が滅茶苦茶に荒らされている。

友直のあとに続いて、正寔は屋敷の中に踏み入った。

三百石あまりの旗本屋敷だ。敷地は、せいぜい柘植屋敷の半分ほどである。

部屋から部屋への移動は造作もない。

「なんだ、これはぁッ」

友直はいちいち驚きの声をあげた。

書院の飾り戸棚、文机の上の手文庫の中はもとより、おそらく妻女のものと思われる部屋の箪笥、行李の中の衣類はすべて乱雑に床に放り出されていた。更に奥へ進むと、厨の鍋や釜、笊や擂り鉢にいたるまで、尽く、土間に投げ出されている。

「これは……」

(家捜しされたな)

ということは一目瞭然だった。

だが、それは口に出さなかった。

「さては、盗っ人でも入りやがったか」

「いや、盗っ人ではあるまい」

友直の言葉を、正寔は即座に否定した。

「じゃあ、なんだよ？　昨夜はこんなふうになってなかったぜ」

「お前が戻ってきたとき、屋敷に明かりは灯っていたか？」

「さあ、どうだったかなぁ……俺は提灯を持ってたから、明かりが灯ってなくても、別に不自由はなかったけどな」

と頻(しき)りに首を捻るばかりな友直に、正寔はそれ以上なにも問おうとはしなかった。

たったいま、己の目の前にある事象以外には興味を示さぬ男に、どんな些細なことでもすべて心に留めておけ、というのは、土台無理な相談なのだ。所詮友直は、正寔と同じ価値観の中では生きていない。

(友直がここを立ち去ったあと、この家に家捜しに入った者がある)

ということを、先ず正寔は確信し、次いで、

(この家に火をつけさせようとしていたのも、この家の中にあるなにかを、家ごと燃やしてしまうためだったのだろう)

と予想した。

そうすると、敵は、村上大学の命ではなく、村上家の中にある筈のなにか、を狙っていたことになる。もとより、それを手に入れるために、一家を惨殺する、という計画も、勿論あったろうが。

(果たして、敵はそれを手中にしたのだろうか)

そこまで考えたとき、つと、勝手口のほうで、
ガダッ、

と人の蠢く気配がした。

「誰だ！」

早速誰何し、友直がそちらに向かう。

（惜しや、半次郎）

正寔は絶望的な気分に陥った。

できればここは、こちらが気配を殺し、相手を中まで誘い入れたいところであった。

だが、一度思惑が外れてしまったからは、仕方ない。

誰何された途端、忍び入ろうとしていた者はその場にビクリと足を止め、次の瞬間踵を返して逃げ出した。

「追うぞ、半次郎」

当然正寔は友直に言い、

「わかってらぁ」

友直は直ちにそれを実行に移した。

五

（ああ、半次郎を連れてくるのではなかった）

正寔はすぐに後悔した。

村上家の中を調べるだけなら、なにも、観察力の欠如した友直を伴う必要はなかった。友直さえいなければ、こんな羽目に陥ることもなかったのだ。

逃げる男の背を追って走り出してから、果たして、どれほどの時が過ぎたろう。

一体男は何処まで逃げるつもりなのか。

いや、それよりも、果たして友直はどこまで追うつもりなのか。

瞬く間に、四半刻が過ぎたことは間違いない。四半刻以上、江戸の町中を、まるで早駆けの馬の如く疾駆していた。

（ここまで必死に逃げるのだから、もう追わずともよいではないか）

正寔はもうとっくの昔に音を上げている。自分一人ならば、いますぐ追うのをやめてもよかった。

だが、彼がやめても、友直が決してやめようとはしない。一人で追わせればよいのではないか、とも思うが、もし万一友直が男に追いついた場合、友直は迷わず男を斬るかもしれない。村上家に侵入しようとしていた曲者を、当然友直は、大学の身を害する者の仲間と見なしているだろう。

追いつめたら最後、相手の言には耳を貸さず、問答無用、で斬ろうとするに決まっている。そういう男だ。

故に、友直にそうさせないためには、どこまでも共に行くしかない。

（もう駄目だ。俺はもうこれ以上走れない）

救いを求める思いで心中に呟いたとき、不意に、その救いのときが訪れた。

逃げていた男が足を止めたのだ。

行き止まりの、袋小路の最奥だった。

（え？）

驚く暇もなく、足を止めた男はその場で踵を返し、こちらを振り向く。

「やあ、また会ったな」

見覚えのある顔が、正寔を見て、仄かに笑った。いやな男だが、そういう表情をすることもあるのかと、意外に思う。

「お前――」

御岳山山中の四人の刺客——その四人の中で、お頭（かしら）と呼ばれていた男に相違なかった。

先日、彼の部下の弥助から尾行されている正寔は、ここでこの男と会ったというそのこと自体に、さほど驚きはしなかった。黒っぽい旅装束の背中を見たときから、寧ろ確信に近い予感があった。

驚いたのは、これほど全力で走ったあとなのに、その男が、息一つ乱していない、という事実である。

「江戸の旗本のお殿様というのは、本当だったんだな」

「………………」

（これだから、忍びは厄介だ）

相手は既に、正寔の素性を調べ、どうやら近況までも調べあげている。

「知り合いなのか、兄貴？」

驚いたことに、耳打ちしてくる友直の呼吸も、殆ど乱れていなかった。

（こいつ、俺とさほど歳も違わぬのに……）

正寔は舌を巻き続けるしかない。

「俺に…何の用だ？」

呼吸が整うのを待ってから、正寔はやっと、男に問うた。

「え？　こいつは大学の家に忍び込もうとしてたんだぜ。大学に用があるんだろ？」

「………」

友直の問いに応えるより早く、男の背にした天水桶(てんすいおけ)の陰から、男の部下である三人の男が現れている。その中には、当然弥助もいる。

(誘い込まれたか)

一年前には、辛くも刃を合わせずにすんだが、矢張り、一度出会ってしまった以上、何事もなくすむ関係ではなかったのだろう。

「気をつけろ、半次郎。こやつらは、忍びだ」

正寔は友直の耳許に囁き返した。だが、

「兄貴と、どっちが強い？」

友直の判断基準は、当の正寔が噴き出しそうになるほど、単純だった。

「やつらのほうが、数段強いよ」

「え、嘘だろ」

「おまけに、俺は年甲斐もなく走りまわったので、疲れきっている」

「おい、兄貴、ちょ、ちょっと、なに言ってんだよ……」

「いまからでも遅くない。逃げたほうが無難かもしれぬ」

口の端をうっすら弛めて正寔が言うと、

「逃げられねぇだろうが」

それが二人のあいだの合図だということだけ辛うじて覚えていた友直が、行動を起こした。即ち、

「やるしか、ねえだろッ」

言いざま、友直は鯉口を切り、切りつつ大きく一歩、踏み出していた。

踏み出した先に、敵がいる。お頭以外の三人が、疾風の如く友直めがけて殺到した。

ガンッ、
がしゅッ、
ズォッ、
友直は達者な太刀筋で、三人から同時に振り下ろされる刃を撥ねた。

「うぉッ」

三人は、同時に刃を撥ねられ、大きく仰け反る。恐るべき膂力の強さだ。

だがそれを見届けるより早く、正寔は地を蹴った。高く跳ねた中空で、抜刀する。

もとより、道場で身につけたものではない。六兵衛から叩き込まれた、伊賀者の技だ。

「おっと」

大上段から振り下ろされる正寔の切っ尖を、頭は軽く鍔元（つばもと）に受けた。

「この太刀筋…矢張り、伊賀者だな」

嬉しそうに、頭は言う。

「伊賀者で悪いか？」

その嘲笑（あざわら）う口調に、正寔は少しく苛立つ。

「いや、俺も伊賀者だよ」

「………」

驚きはしない。刃を合わせるまでもなく、彼の身ごなしをひと目見たときから、正寔には察せられていた。

「つまり、抜け忍ということか」

「ああ、抜け忍だ」

ぬけぬけと男は言い、更に明（さや）かな笑顔を見せた。正寔が一瞬圧倒されたほど、それは鮮やかな笑顔だった。

「伊賀の里で、無足人（むそくにん）として暮らす一生では飽き足らなかったか？」

「ああ、飽き足らねえな。折角鍛え抜いた忍びの技をもちながら、末枯（うらが）れちまった伊賀の里でくすぶってても、しょうがねえだろ」

「そうかな。…末枯れた里で、田畑を耕し、家族と睦み、いたって、穏やかで幸せな一生が送れたと思うぞ」

正寔の、心の底からの思いだった。

その言葉が勘に障ったのか、男の顔から笑いが消えた。

「二千石取りの、江戸のお殿様なんかには、わかんねえよ」

自ら述べた言葉に、自ら昂ぶってしまったのだろう。男は、抜く手も見せずに抜刀するなり、
がッ、
大上段から斬りかかってきた。

だが、正寔は易々と片手で受けた。既に呼吸は乱れていない。

「くそッ」

男はむきになり、更に渾身の力で斬りかかってくる。

ぎゅん、
湿った斬音とともに、低く刃風が巻き起こる。

正寔と男のあいだに、束の間微妙な間合いができた。

「末枯れた伊賀の里で、暢気にくすぶっていればよかったものを」

言い捨てざま、正寔は自ら身を退いて、敵にその背を見せた。

自ら大きな隙を作ったのだ。

相手が冷静な伊賀者であれば、それが誘いだということは瞬時に知れた筈だ。だが、
その男は、正寔の無防備な背中に向かって、勇躍攻撃を開始した。即ち、切っ尖を、
正寔の背中に向けた状態で突進してきたのだ。

「死ねッ」

その鋒を、僅かに身を避けて正寔は躱し、躱しざま、

「その言葉、そのまま、うぬに返す」

刀を、自らの腋の下にくぐらせた。

そこに、素早く移動した男がいるということを、もとより事前に察していた。

「ぐぅッ」

移動した途端、己が右胸に敵の刃が刺さったことを知ったその男は、短く呻いた。

まさか、こんなところで斬られて死ぬとは夢にも思わぬ顔つきで。

一瞬、大きく見開かれた目も口も、次の瞬間には閉じられて、そのまま前のめりに
倒れていった。

ほぼ即死であろう。

「半次郎？」

ふと思い出してその名を呼んだときには、勿論友直も、自らの前に殺到した三人の刺客を、その剛腕で葬り去っている。

（もう少し話を聞きたかったが、しょうがねえな。とにかく、生きてることに感謝しよう）

自らに言い聞かせるように、正寔は思った。

（名も、聞けなかった……）

刀を鞘に納めながら、正寔は暗澹たる思いで、息絶えた男の死に顔に視線を落とした。果たしてこの男は、なにを望んで抜け忍となったのか。望むものを手にしたとは到底思えぬその死に顔を見るうち、正寔の心には、名状しがたい思いが満ちた。

第五話　ぎやまん迷宮

一

優しい浜風が、鼻先を掠める。

少し生温かく、湿った匂いがした。

(佐渡の海とは違う)

正寔は無意識に眉を顰める。

断崖絶壁に吹き寄せる荒々しい風波は、江戸生まれで江戸育ちの正寔にとっては馴染みがなく、慣れるまでに些かの時を要した。

漸く慣れてきた頃、江戸に呼び戻され、今度は長崎奉行を命じられた。

大村湾から吹き上げてくる柔らかい潮風は、佐渡の海に吹き荒れていた風とは、明らかに違っている。

（なにやら、艶めかしいような……）

江戸の海とも当然違うその水面に目をやりながら、正寔は思った。

柔らかい海風にのって、港には異国の船が入ってくる。正寔が感じた、どこか艶めかしいような風の香りは、或いは、それらの外国船が運んでくる、異国の匂いというようなものだったかもしれない。

高台に上がれば港が一望でき、おそらく湾内に停泊している異国船を見ることもできるだろう。

（明日には出島に入り、阿蘭陀人と対面する）

思うと、正寔の五体には、なにやら不思議な力が漲る。

若い頃から、まだ見ぬもの、未知のものと出会うことを、なによりの楽しみと思ってきた。

それ故、前職の佐渡奉行に任じられたときも、過酷だとしか聞いていないその職務に対する恐れは殆どなかった。ただ、旅立つ際の、今生の別れかと思うような絹栄の泣き顔には胸が痛んだ。実際に刃物で切られる以上の痛みであった。

だがその絹栄も、今回の長崎奉行就任に際しては、快く笑顔で見送ってくれた。

（絹栄も、さすがに大人になった）

　そのときの妻の顔を満足げに思い出していたとき、

「卒爾ながら――」

　不意に背後から声をかけられて、正寔は反射的に緊張した。

　声の主は、正寔の間合いの中にズカズカと踏み込んでいる。敵か味方かもわからぬ胡乱な者にこれほど接近されるまで全く気がつかぬとは、正寔にとっては尋常な事態ではない。

「火をお貸し願えまいか？」

「え？」

　顧みれば、正寔とほぼ同じ年格好の中年の武士が、煙管を手にして突っ立っている。殺気はないが、隙もない。よく陽に焼けた膚に、鋭い目つきがそう思わせるのか。正寔は無意識に警戒を強める。

「火でござるよ」

　と、男は重ねて言い、煙管を正寔の前に指し示す。

　喫煙の習慣がない正寔は忽ち眉を顰め、相手を睨んだ。

「俺が、丸山の遊女にでも見えるか？」

差し出された煙管の先を摑んで憎々しげに問い返した途端、

「ふはははは……」

浪人風体（ふうてい）のその武士は、弾けるような哄笑（こうしょう）を放った。

「面白いことを言われる御仁だ」

（こやつ――）

嘲弄（ちょうろう）されたとしか思えなかった。

正寔の怒りが淡い殺気に変わり、いまにもその手が刀の柄（つか）に触れそうになったとき、

「これは、失礼いたした」

煙管の武士は、その場で威儀を正して一礼した。

「拙者、仙台藩士・林友直と申しまする。諸国遊学の途次にあります」

「………」

礼儀を尽くしてもらえば、腹を立てる謂（い）われはない。正寔は忽ち、振り上げた拳のやり場に困った。

「貴兄は？」

「柘植正寔。……この度、長崎奉行の任に就くこととなった」

仕方なく、正寔は名乗った。少し考えてから、正直に身分も告げた。相手が名乗っ

ているのにこちらが名乗らぬというのは礼を失する。変に身分を隠すのも、性に合わない。

「ほう、お奉行様であられるか」

その口調には多少揶揄する気色が含まれているように思え、正寔は再び苛立ったが、

「ここでお奉行様にお目にかかれるとは、ちょうどよい。……お奉行様は、これを、どう思われます？」

仙台藩士・林友直は、大きな身ぶりで煙管を振り、大波止から見える出島と海とを指し示す。

「はて、どう、とは？」

問い返しつつ、正寔は注意深くその男を窺った。正直言って、狂人ではないか、と疑ったのだ。声も態度もでかく、正寔が奉行だと名乗ったのに、畏れ入る気色もない。到底常人とは思えない。

だがそいつは、年齢の割にはいやに子供っぽい目をして正寔を直視し、

「ここは、この国で唯一の異国との交易がおこなわれる場所でしょう」

と、実に当たり前のことを口にする。

「…………」

その語気の強さに、正寔は戸惑った。

「しかるに、どうですか、この無防備さは」

「え？」

「もし、いまここへ、大砲を積んだ異国船が大挙して攻めて来たら、どうします。あっというまに毛唐どもに上陸され、占領されてしまいますぞ」

「そ、そなた、なにを……」

「それ故、この大波止に是非とも砲台を築くべきですぞ、お奉行様」

「………」

正寔は半ば呆れ、半ば感心して、林友直の高説を聞き流していた。

大砲を積んだ異国船というのはどうにもピンとこないが、彼の言わんとすることはぼんやり理解できる。

極論かもしれないが、この国を案じる気持ちから為される発言なのだろう。

「砲台を築けば、異国の攻撃からこの国を守れるか？」

「さあ、それは……」

だが正寔が問い返すと、友直は忽ち口ごもった。

「なんだ、できぬのか？」

「異国の攻撃力がどれほどのものか、それがしは存じませぬ故」
少しも悪びれぬ答えに、正寔はただ呆れるしかなかった。

(変わった男だ)
というのが、友直に対する第一印象だった。その後も、その印象にさほど変わりはない。

奉行所や会所に出入りし、正寔がいやがらぬのを幸い、馴れ馴れしくふるまい、ときには出島のオランダ商館にまで同行した。まるで、正寔の用心棒然としている友直のことが、内心おかしくて仕方なかった。

異国人を相手に臆することなく朗々と自説を口にする友直に、オランダ商館の商館員もカピタンも、一目置いていた。

(なにしろ、洋刀七本斬りだからな)
そのことを思い出すと、正寔はいまでも笑いが止まらなくなる。

友直の名とその武勇が、出島にも伝わりはじめた頃、カピタンに招かれた宴席で、
「和刀と洋刀、果たしてどちらがより強固であるか」という話題になったことがある。
「では、やってみせましょうか」と言うなり友直は、その場にあった洋刀(サーベ

ル）七本を束にして床の間の台座に横たえ、七本を、瞬時に一刀両断してみせた。勢いあまって台座まで真っ二つになったのを見て、カピタンはさすがに顔色を失った。
もとより、ウィレムとは別人だ。

「ウィレムの野郎が、あの四人を雇って兄貴に復讐しようとしたんだよな」

刺客たちを討ち果たしたあとで、友直は正寔に確認してきたが、正寔は複雑な表情で答えを躊躇った。

「違うのか？」

「いや……」

できれば一人は生かしておいて、雇い主の名を聞き出したかった。

「仮にウィレムが関与しているとしても、奴が独力にて伊賀者と接触できるとは思わない。何者かが、あいだに入っている筈だ」

「それは誰だ？」

「わからん。いま、新八郎に調べさせている」

わざと素っ気なく正寔は応え、友直を誘って屋敷に戻った。

友直は、絹栄が気にくわないだの兄貴の家には金輪際行かないだのと宣言したことも、綺麗さっぱり忘れているのか、

「お邪魔いたします、奥方様」

ぬけぬけと絹栄に挨拶し、

「ご馳走になります」

暗に酒肴を要求した。

剛腹なのか、無神経なのか。おそらく、その両方だろう。

「すぐに、なにかお持ちいたします」

絹栄はさすがに目を見張り、すぐに奥へと引っ込んだ。

待つほどもなく、酒肴が出た。

肴は、酢蛸に昆布鱈、煮穴子と、江戸っ子の好む居酒屋料理だ。友直はそういう料理が好きなのだと正寔が事前に教えてあるからなのだが、この短時間で揃えられるとは、さすが絹栄だ。

「殺さねえで、一人くらい生かしとけばよかったんだよな」

正寔の勧める酒をひと口に飲み干してから、眉を顰めて友直は言った。酒が入ると、途端に頭の回転が速くなるらしい。

「仕方なかろう。あの頭は、棟であしらえるような腕ではなかった」

「そうだよなぁ。俺が一人でも生かしておけばよかったんだよなぁ。すまねえ、兄貴」

「お前とて、鬼神ではない、半次郎。三人の伊賀者を相手に、手心をくわえるのは無理だった」

「けどよう――」

「よいのだ、半次郎。……いまとなっては、雇い主が誰であろうと、さほどの問題ではないような気がしてきた。何れ、新八郎が突き止めるだろうしな」

ことなげに正寔は言い、自らも酒を飲み干す。

「けど、その何者かをつきとめねえと、兄貴はこの先もずっと狙われ続けるんだろ」

「お前がいるではないか、半次郎」

「え？」

「俺が狙われたときは、お前が俺を守れ。……長崎の頃と同じように」

「三蔵兄……」

「今更、いやとは言わせぬぞ。……そもそも、お前のほうから、俺に近づいてきたんだからな」

「わかってるよ」

「ならば、もう、悔いるな」

正寔は言い、俯（うつむ）く友直の背を叩いた。

そこへ、新八郎が戻ってきた。

「なにかわかったか？」

「長崎屋に、最も頻繁に出入りしているのは、井伊（いい）様の御家中の者たちでした」

「なに、井伊殿の！」

新八郎の報告を聞いたとき、正寔はさすがに顔色を変えた。

「それは、まことか？」

「はい」

井伊殿というのは、彦根（ひこね）藩主・井伊直幸（なおひで）のことにほかならなかった。

田沼意次とともに幕政に参与する、田沼派の筆頭とも言われる人物だ。

だが、側用人あがりの意次に比べ、井伊直幸は、譜代筆頭といわれる、彦根藩三十五万石の大名家当主である。

神君家康公の百五十回忌には、将軍家の名代（みょうだい）として東照宮（とうしょうぐう）に参詣するなど、家格も官位もずっと上である。

(大変な大物ではないか)

正寔はなお半信半疑であったが、もしもと仮定するならば、わからなくはなかった。

たとえ身分は上でも、実際に幕府の実権を握っているのが田沼である以上、膝を屈する思いで田沼の風下（かざしも）に立っているのかもしれない。

（だが、ウィレムを使って脇荷をしているのが井伊殿なら、佐野政言を脅して意知殺しをさせたのも、或いは井伊殿かもしれぬ）

と正寔は考えた。

残念ながら、御岳山中で出会った四人の刺客が、何故田沼家の小普請方の者を暗殺したのかも、その際の雇い主と、今回正寔を狙わせた雇い主が果たして同一人物なのかも、わからない。意次に訊けばなにかわかるかもしれないが、正寔にその気はなかった。あれほど意気消沈した意次に、これ以上余計な心労をかけたくはない。

わかっているのは、刺客を葬（ほうむ）っても、正寔の命はいまなお、狙われ続けている、ということだ。

いまとなってみれば、御岳山中の出会いのときからすべてが仕組まれていたようにも思うが、それを探る術（すべ）もない。

「それで、井伊家の者とウィレムたちがどんな話をしていたか、お前は聞いたのか？」

「はい。鉛（なまり）がいくらとか錫（すず）がいくらとか、品物の数を口にしておりました。……商談でございましょうか？」

「うん、間違いあるまい」

正寔は小さく頷いた。

二

その翌日、正寔は久しぶりで城に出仕した。一旦芙蓉の間に立ち寄り、他の奉行に対して、暫く休んだことの言い訳と挨拶をしてから、作事方の本部に向かう。

城内は、いつもと変わりなく平穏そのものだったが、作事方の詰め所の中は、《雁金》の箕吉一味が捕らえられた、という話題で持ちきりだった。

「打ち首獄門はまぬがれまいな」

「そりゃあそうだろう。十年の間に、江戸の大店十軒以上を襲い、およそ、五万両からの大金を手にしている筈だ」

「五万両とは羨ましいのう」

「我ら、一生かかっても、お目にかかることすらできまいな」

「いくら金があっても、獄門になってはおしまいじゃ」

「まったくじゃ。命あっての物種じゃからな」

「死ねば金も使えぬわ」

（さすがは火盗改め、捕らえたか）

内心ホッとしながら、正寔が己の執務室で、休んでいるあいだに更に一山増えた気のする懸案書の束を手にとったところへ、

「お体のほうは、もうすっかりよろしいのでございますか、お奉行様？」

水嶋忠右衛門が心配顔で入ってきた。

正寔が休んでいるあいだ、彼もまた、為すこともなく、だらだらと過ごしてきたのだろう。心なしか——いや、確実にひとまわりは肥えたように見える。

「ああ、もうすっかりよいぞ」

「それはようございました。お出かけになった日、何者かに襲われたと聞きおよび、案じておりました」

「大事ない。いつものことだ。……ところで、忠右衛門」

ふと口調を変え、正寔は忠右衛門に問う。

「《雁金》の箕吉一味がどのようにして捕らえられたか、聞いているか？」

「ええ、そりゃあもう、盗賊改めにとっても、久々の大捕物でございましたから、大

層な評判でございまして。……今朝は、お城に来るまでの道にも、幾人も読売が出ておりました」

「買ったのか？」

「まさか」

忠右衛門はさすがに苦笑した。

読売は、大声で記事の内容を読み上げながら瓦版を売り歩く者のことだが、ときに瓦版そのものもそう呼ばれる。記事は、でっちあげのいかがわしい内容であることが多く、読者の殆どは暇を持て余した町人だ。少なくとも、真っ当な武士なら手を出さない。

「しかし、昨夜賊が召し捕られて、もうそれが瓦版になるとは、読売も、随分と仕事が早いではないか」

「それが、召し捕られましたのは、夜ではなく、昼間なのでございます」

「昼間？　どういうことだ？　賊が、商家に押し込もうとしたところを捕らえたのではないのか？」

「ええ、荒川沿いの漁師小屋に潜み、仲間が集まるのを待っていたところ、集まりきったところで一網打尽にされたのでございます」

「よく、賊の潜伏先がわかったな」

「内偵中に捕らえた手下が拷問にかけられ、口を割ったそうでございます」

「なに、手下が？」

（《ぎやまん》の新吉以外にも、火盗に捕らえられた手下がいたのか）

正寔は少なからず、驚いた。

火盗改めというのは、どうやら噂以上に有能な組織であるらしい。凶悪な賊ばかり相手にする盗賊改めの頭というのも、命がいくつあっても足りぬような危険な仕事だが、やり甲斐はあるだろう。なんといっても、押し込みを未然に禦（ふせ）ぎ、賊を一網打尽にしたときの達成感は、想像するだに爽快だ。

少なくとも、してもしなくてもいい普請の懸案書を眺める毎日に比べたら、断然ましというものだった。

（なのに、火盗の頭と同じくらい、命を狙われるとは不公平ではないか……）

心中密かに嘆息してから、正寔はふと、忠右衛門が手にしている新しい懸案書に目をとめた。

「なんだ、それは？」

「あ、こちらは、急ぎお目通しいただきたい案件でございまして……」

「東海寺の普請だと？」

怖ず怖ずと差し出す忠右衛門の手からそれを取り上げ、サッと一瞥して、

「先月の火事で燃えたという報告はなかったではないか？」

首を捻った。

東海寺を見に行くと言って出かけた日に、檜山新右衛門こと、《ぎやまん》の新吉を見かけてあとを追い、そしてその帰り道を襲われた。正寔は結局、東海寺を見に行ってはいなかった。

「それが……」

忠右衛門は交々と口を開いた。

「なに、火事で焼けたのではなく、突然伽藍が崩れ落ちた、だと？」

それからじっくりと文書に目を通し、正寔は更に首を傾げる。

「元禄七年の再建以来、実に九十年も経っておりまする故、老朽化もやむなきことかと存じまする」

もっともらしい顔つきで忠右衛門は述べたが、正寔には納得できなかった。

確かに、九十年の歳月は相当なものだ。老朽化するのも不思議はない。

だが、元禄七年といえば、まだ幕府には潤沢に金があった。五代綱吉は、三代家光

の実子である。実の父に縁の寺を再建するにあたり、当然、金に糸目はつけなかっただろう。当時の最上級の技術をもって施工された筈である。

その大伽藍が、突然崩れ落ちるとは一体どういうことであろう。

(先月の大火事の折、多少なりとも焼けていたというならわかるが……)

そこまで考えても、なお正寔の胸に湧いた奇妙な違和感は拭い去れなかった。

「とにかく一度、見ておかねばなるまい」

「視察でございますな」

ぼんやり口走る正寔に、嬉々として忠右衛門は応じるが、その違和感もまた、正寔を少しく苛立たせた。

視察の際、出入りの材木商や畳屋に立ち寄り、酒肴を以て歓待されたのが余程お気に召したのだろう。

(毒を盛られるのではないかと恐れ、震え上がっていたくせに)

はじめて加納屋を訪ねた際の忠右衛門の怯え方を思い出すだけで、正寔はいまでも苦笑がこみあげる。

(火盗の同心や与力ほどでなくとも、もう少し使える部下が欲しいものだ)

だがそれは、心中密かに思うだけで、決して口に出してはならぬ願いであった。

翌日正寔は勤めに行かず、朝から品川の東海寺に出向いた。

伽藍が崩れたなどという記述を頭から信じたわけではない。寧ろその逆で、怪しげな懸案書を紛れ込ませてきたのが何処の誰なのかを突き止めてやろうと思ったからにほかならない。

(小賢しいやり口だ)

腹が立った。

正寔が、疑わしい懸案についてはいちいち現地の視察をおこなうのを知った上でのことに相違ない。

「新八」

道々、正寔は半歩先を行く新八郎の耳に低く問うた。

「尾行けられてないか？」

「いいえ」

新八郎は短く応じた。

「まことか？」

「尾行けられていないと存じます」

新八郎が何度断言しても、正寔は執拗に同じ問いを発した。

それくらい警戒しても、し過ぎるということはないだろう。なにしろ、四六時中狙われているのだ。

(そら、見ろ。寺はなんともないではないか)

やがて遠目に東海寺の大伽藍が見えはじめたとき、正寔は喜んだ。

だが、すぐに気を引き締めて、周囲に対する警戒を強くした。

「新八」

「尾行けられてはおりませぬ」

新八郎は即答するが、

「尾行けられてはおりませぬが——」

すぐに、それと相反する言葉で応じる。

「なんだ?」

「一町ほど先に、夥しい殺気を感じます」

「…………」

ここから一町ほど先は、即ち東海寺の境内だ。

(そこから発せられる殺気も、新八は感じとれるのか)

内心舌を巻きつつ、

「何人いる？」

正寔は新八郎に問うた。

「おそらく、十人以上――」

「なんだと！」

「それ故、感じられるのです」

困惑しきって、新八郎は答える。

「わかった。戻ろう」

正寔は即座に踵(きびす)を返した。

白昼であるため、必ず襲ってくるとは限らないが、いまここで十人以上の刺客を相手にしようとは思わない。新八郎が一騎当千としても、敵は正寔の命一つを狙っているのだから、彼をめがけて一度に殺到する。

如何に新八郎が奮闘しても、防ぎきれるものではないだろう。

（だが、何故寺の境内に、それほどの人数を配することができる？）

元来た道を足早に戻りつつ、正寔は考えた。

ただの寺ではない。徳川家に縁の寺だ。

ただ、当代・家治公は、吉宗の直系であるため、家光公に縁の寺については、さほど熱心に保護してはいない。

(だからといって、たかが千五百石の旗本一人誘き出すのに、三代様縁の伽藍を利用するとは、恐れを知らぬ輩だな。これだから、毛唐は――)

思った瞬間、正寔はその背に、ヒヤリといやな悪寒を感じた。

(これか……)

正直、ゾッとした。

そのとき正寔は、確かに感じた。身体中の皮膚をいまにも切り裂かれそうなほどの大量の殺気を――。

三

夜半、改めて同じ場所に――東海寺の山門の前に立ったとき、正寔は、何故敵がこの場所を選んだか、少しだけわかった気がした。

かつて、名僧・沢庵宗彭が開いた寺ではあるが、現在の住持が誰なのか、正寔は名も知らない。それでも、立派な伽藍と広大な寺領を有していることに変わりはない。

譜代筆頭の力を持ってすれば、己の手勢を寺院内に潜ませるくらいは容易いことだろう。

それほど手厚く保護されているわけではない寺院の境内は、少しく荒れているようにも思えた。

（それにしても……）

門内に足を踏み入れたときから、正寔は感じていた。

（いやな匂いがする）

伽藍に近付けば近付くほど、その異臭は強く正寔の鼻腔を突いた。それがなんの匂いなのか、正寔には勿論予想がついている。

だが、ここまで来たからには、最早進むしかないだろう。

（それに、今夜はお誂えの闇夜だ）

正寔は自らを奮い立たせる。

もし、このまま進んだなら……。

いや、もののふたる者に、「もし」という文言は、全く無意味だ。

もののふは、常に目の前の敵にだけ立ち向かう。あとのことなど、間違っても考えぬものだ。

本堂から延びる回廊は長く先へ続いているが、途中から、不意に闇が訪れる。

一切の明かりがなく、真闇が広がる。

(死の世界だ)

絶望的な思いに襲われながらも、辛うじて進む。

通路はやがて、寺院内に全部で十七ある塔頭(たっちゅう)の一つに到る。

(いた——)

そこに人影を認めた瞬間、正寔は反射的に身を投げた。

ぎゅんッ、

鋭い金属音が、耳許を掠めた。

銃弾が、彼のすぐ側を掠めたのだ。

それ故、塔頭の柱の陰に身を隠しつつ、

「フーデミダッハ」

正寔はオランダ語で挨拶をした。

「ゴブサタしています、マサタネさん」

相手からも、返事があった。

聞き覚えのある声音だった。両者の距離は、約半町といったところか。

「何故貴様が、いまここにいるのだ、カピタン・ウィレム？」

無意味な問いだとわかってはいても、口にせずにはいられなかった。

「シンでクダサイ、マサタネさん」

ウィレムの言葉が言い終えるかどうかというところで、正寔は地を蹴って跳んだ。

跳ばねば、間断なく放たれた銃弾が、彼の身を貫いていたことだろう。

ダンッ、
ダンッ、
ダダッ……

爆音が重なり、闇中に、無数の火花が散った。

「ちッ」

強く地を蹴って跳び、跳ぶことで辛うじて銃弾を躱(かわ)す。

この跳躍には、為様(しざま)がある。特別な呼吸法によって、長く空中に留まっていられるのだ。空中で弾丸を躱した後、正寔は最も手近の松の枝に、音もなく降り立った。

「クソッ、ドコへイッタ？」

ウィレムの悔しげな呟きが虚しく響く。

銃撃手の数は、ウィレムも含めて、ざっと五～六人といったところだろう。

一人を殺すには充分な人数だ。それ以上の人数で無闇矢鱈と撃ちまくったところで、下手をすれば同士討ちになるおそれがある。

おそらく、狙撃手の他に、十人ほどの刺客を境内のあちこちに潜ませているに違いない。正寔が何処へ逃げてもいいように――。

「マサタネさん、デテキナサイッ」

業を煮やして、ウィレムは喚いた。

「カクレテモ、ムダですよッ」

言葉つきこそは丁寧だが、その癇だった口調には、正寔に対する積年の恨みと怒りとが漲っている。

「ドコにカクレテモ、キサマはニゲラレナイのだッ」

(馬鹿が。逃げられないのは貴様のほうだ)

気配を完全に消したままで正寔が思ったとき、
ギャッ、
げび、
という、悲鳴と濁音の重なる音がした、境内の何処かで。

(はじまったな)

友直、六兵衛、新八郎の三人が、敵の後方にまわり込み、無防備なその背を襲いはじめたのだ。

彼らが完全に敵の背後にまわり込むまで、正寔は自らの体を囮にして、ウィレムの意識をこちらに引きつけておいた。

あまりに危険な作戦に、友直も六兵衛も大反対したが、正寔は聞く耳を持たなかった。

ウィレムだけは、どうしてもここで殺すか生け捕るかしておきたい。敵は大人数なので生け捕りは無理かもしれないが、決死の覚悟で望めば、殺せぬことはないだろう。

「ナニをシテイルッ！」

「テキがイルぞ、カピタン」

苛立ったウィレムに答える蛮声もまた、聞き覚えのあるカタコトである。おそらく、ウィレムの副官だろう。

「テキがイルノハ、ワカッテイル。イマサラ、クダランタワゴトをホザクナ」

「シカシ、コノママでは、ヤミヨにテッポウだゾ、カピタン」

「ウルサイゾ、キサマッ」

ウィレムは激昂し、怒声を発する。

「ケイセイフリだゾ、カピタン」

(あの副官、随分と言葉が達者になったではないか)

正寔は内心感心して聞いていたが、その後二人は母国語で早口に会話しはじめたので、交わす言葉の内容はさっぱり聞き取れなくなった。

二人の話を盗み聞くことを諦めた正寔は、枝の上からあたりを見渡した。

もとより、正寔は夜目がきく。闇夜の中でも、蠢(うごめ)く人影、その数を、はっきりと把握することができた。

友直、六兵衛、新八郎の三人は、的確に敵を見出すと、手向かう暇も与えず、瞬時に斬り捨ててゆく。

(新八が戦うところをはじめて見たが、あれは尋常の腕ではないな。……将来は、伊賀の頭領だ)

内心舌を巻く。

新八郎の恐ろしさは、正寔の目にも、その動きのすべてを摑ませていないことだ。あまりにも素早すぎて、ときに一陣の風かと見紛うような動きを見せる。しかる後、二～三人の敵が同時に斃(たお)され、地に伏している。

(友直も、俺とそう歳も違わぬのに、立派なものだ。あれは二十代の若者の身ごなし

だぞ）

しかし、それを言うなら、真に賞賛すべきは矢張り六兵衛だろう。

闇中で彼と戦う者たちは皆、相手が七十の老爺であるとは夢にも思わず刃を交え、
そして一合のもとに斬り捨てられる。

その四肢が躍動するさまを見る限り、七十の老爺を戦わせて、彼より二十も若い自分が気配を消して休んでいることに、罪悪感は覚えない。

（だいたいあやつは、己の得意技である《霞斬り》を、俺には教えてくれなかった）

あれほど過酷な修行を強いたくせに、肝心の必殺技を教えてくれぬというのは酷すぎる。

（まあ、俺には忍びの才はなかったからな）

その点では、正寔は己を恥じるしかない。

才があると思えば、六兵衛ももっと親身になって教えた筈だ。才もなければやる気もない正寔に、最低限の身を護る術だけを、六兵衛は教えてくれた。そのおかげで、これだけ無茶なおこないを重ねていながら、今日まで命を長らえている。

正寔がすっかり気配を消したままで、ほどなく、四半刻が過ぎた。

そうこうするうち、境内の彼方此方であがっていた悲鳴と濁音は、あるときからパタリとやんでいる。

恐怖にかられて滅茶苦茶に撃ちまくっていた狙撃手たちの発砲音もやがて殆ど聞こえなくなる。無駄弾を撃ちすぎて、弾丸が尽きたか。

それとも射撃手が逃げたか、全滅したか。

それを見はからって、正寔は枝の上から飛び降りる。飛び降りざま、その松の根元にいた男の鳩尾を、不意打ちに柄で突く。

「ごぉッ」

そいつは、低く呻いてその場に頽れた。

悲鳴が、自分たちの直ぐ近くであがったことに、当然二人の阿蘭陀人は狼狽する。

「ナニヤツダッ！」

「カピタン……」

「…………」

おそらく、オランダ語で退却しよう、という相談が成ったのだろう。だが、

「おっと、待ちな」

こそこそとその場を離れようとした二人の前に、立ちはだかる者がある。

「寺の外に待たせてある忍び駕籠に乗って、長崎屋か、それとも何処ぞの藩の藩邸に逃げ込もうとしても、無駄だぜ」

刀を構えた林友直に違いなかった。

「…………」

友直を見知っているウィレムは、ひと目見るなり、絶句して立ち竦む。

「駕籠はとっくに逃げちまったし、何処かのお殿様も、もうお前らのことは見捨てると思うぜ。てめえの身が可愛いからなぁ」

「Kut（くそッ）」

ウィレムはオランダ語で呟き、激しく舌打ちした。手にした短筒を、立ちはだかる相手に向かって放とうとするのを、次の瞬間、

「があッ」

悲鳴と共に、肝心の短筒を取り落とした。引き金にかけた指の付け根に、激しい痛みを感じたのだ。

突如飛来した小さな礫（つぶて）が、過（あやま）たず的中したからにほかならない。正寔の放った礫は、確実に指の骨を砕いている筈だ。

「脇荷ができぬとなれば、あちらは、最早貴様に力を貸す謂われはないからなぁ」

礫を放ったあと、ゆっくりと刀を抜いて彼らの背後に近寄りながら、正寔は言った。

「………」

「貴様の荷は、金輪際江戸には届かぬ。届いても、抜け荷の証拠品として、すべてお上に召し上げられる」

長崎を発った荷が、何処を通って江戸に届けられるか、奉行であった正寔にはすべてお見通しであった。それ故、前もって知っていれば、先回りして荷を押さえることができる。海路を使ったとしても、同じことだ。

抜け荷は重罪であるため、本荷脇荷の内容も、厳しく調べられる。記録されていない余計な荷が見つかれば、すべて抜け荷の品ということになるのだ。

「んぐぅ〜、キサマ、ヨクモッ」

真っ赤になって、ウィレムは喚いた。

礫をあてられた指の痛みも、勿論手伝っていただろう。

だが、次の瞬間、そのウィレムのすぐ側で、慌てて逃げようとした副官が、友直の刀に斬られた。

「がぁはーッ」

絶叫とともに副官は頽れ、絶命した。

「………」

ウィレムは声もなく立ち竦む。

最早、彼の味方は何処にもいない。

それ故正寔は、口調を和らげた。

「一つだけ訊きたい。《ぎやまん》の新吉という男と、貴様はどういう関係だった？」

「ギヤマンのシンキチとは、ナガサキにイタコロカラのツキアイだ。…シンキチは、ツウジのコで、オランダゴが、ハナセタ」

「なるほど、それで、《ぎやまん》の新吉か」

「シンキチは、コソドロだ。カネさえモラエバ、ナンデモスルと、ジブンカライッテキタ」

「それで、村上大学の家に火をつけるようにと命じたか。井伊様のご要望で？」

「イイさんは、ワタシをタスケテくれた。キサマにオワレテ、カピタンでナクナッタワタシを、カピタンにシテクレルとヤクソクしてクレタ。ヤクソクは、このクニで、モットモ、タイセツナものデショウ」

「そうだ。確かに、約束は大切なものだ。だが、最早この国でも、約束が必ず守られるとは限らぬ。嘆かわしいことだがな」

「…………」

「所詮お前も利用されたのだ、ウィレム。井伊殿は、お前の復讐心を利用して己の望みを果たそうとしただけのことだ。それがかなわぬとわかれば、最早お前は不要なのだ」

相手を興奮させぬよう、至極穏やかな口調で淡々と述べたつもりだったが、残念ながら正寔の思惑どおりにはならなかった。即ち、正寔が言い終えるかどうかというところで、腰から短刀を抜きはなったウィレムが、

「シネぇーッ」

と叫びざま、斬りかかってきたのだ。

短刀を握るその手を、はッしと捕らえざま、

「ロープ　ニア　デ　ヘル（地獄へ行け）」

唯一知っているオランダ語の罵詈を、正寔は咄嗟に口走った。口走りざま、当然抜き放った鋒を、ウィレムの喉元に向けている。

ウィレムは短刀を捨て、その場に両手と膝を突いた。

「許すのか？」

友直がすかさず問うてきた。

「ここで生き延びるほうが、こやつにとっては地獄かもしれん」

無感情な声音で正寔は言い捨てた。

実際、後ろ楯を無くした異邦人が、今後この国でどういう運命を辿るかは、正寔の想像の範疇(はんちゅう)をこえていた。故郷へ帰れるかもしれないし、何処かで野垂れ死ぬかもしれない。

「因果応報だ」

正寔が漏らした低い呟きは、辛うじて友直の耳には届いたが、深く項垂(うなだ)れたウィレムの耳には届かなかった。縦(よ)しんば届いていたとしても、その意味は、わからなかっただろう。

四

「ことの起こりは、昨年参勤の折、宇都宮の手前で当家の行列が襲われたことだ」

茶筅(ちゃせん)を動かす手を止めずに、松平定信は言った。

「行列が襲われた、ですと？」

正寔は思わず問い返した。

この茶室に招かれるのも二度目なので、正寔はすっかり落ち着いている。

「他の者には目もくれず、一途に余の駕籠を狙ってきおった。明らかに、伊賀者か、それと同等の技量を持つ者どもだった」

「よく、ご無事で――」

「我がほうにも、有徳院様仕込みの御庭番がおるのでな」

と事もなげに定信は言い、僅かに歯を見せた。

定信の祖父・八代将軍吉宗は、江戸城に入る際、己の身辺を警護させる目的で薬(くすり)込役(ごめやく)と呼ばれる隠密たちを紀州から伴った。その末裔が、いまでも御庭番として、将軍家とその御連枝を護っている。

「刺客はどうにか撃退したが、問題はそれをさし向けたのが何者か、ということだ。はじめは、田沼の仕業かと思ったのだが――」

「まさか、そのような……」

「そうだ。考えてみれば、田沼には、伊賀者を雇ってまで、余を亡き者にするべき理由など、ない。余は、親藩とはいえ、たかが白河藩十一万石の藩主にすぎぬ。目障(めざわ)りならば、なにか理由を付けて蟄居(ちっきょ)させればよいことだ」

「では、一体誰が、越中守様を?」

「それをつきとめねばならぬと思うていた矢先、田沼意知が殿中にて殺された」

定信の言葉を、正寔は黙って聞いていた。余計な言葉を差し挟める話題ではなかった。

「田沼親子が、如何に世間で嫌われているからと言うて、仮にも現職の若年寄が殿中で斬られるなど、由々しき問題だ」

「…………」

「それ故、意知殺しの真の黒幕を、是非とも突き止めねば、という思いが強まった」

正寔から答えが返らずとも、定信は気にせず、淡々と言葉を継ぐ。それで正寔も、気を取り直して彼に問うた。

「越中守様を亡き者にせんと企んだ者と、若年寄殺しの黒幕が同一人物だと、何故思われました？」

「別に、そんなことを考えたわけではない。ただ、余が狙われた時期と、意知の死の時期が、些か近いように思われた。確信などない。ただ余の勘でしかない。それ故、誰か、信頼できる者に、調べを頼みたかった」

「その信頼できる者が、それがしだったのですか？」

「伊賀者に縁のある者を探していたら、そちに行き当たったのだ。試しに調べさせると、なかなか面白い人物であることがわかったが、そちは田沼派の者だと思っていたので、或いは、伊賀者を使って余の命を狙ったのは、田沼の命を請けたそちなのではないか、とも疑った」

「そんな疑わしい者と、よく、茶室で二人きりになられましたな」

正寔は、そのとき心底仰天して定信を見返した。

そんな命知らずとわかっていたら、もっと早く、彼に好意を持ったろうに。

「まあ、疑った、というのは言い過ぎじゃな。一応、その可能性もある、と思うただけじゃ」

定信はあっさり手を振って笑った。

「そちが、佐渡や長崎でおこなってきたことも聞いた。聞けば聞くほど、そちは、暗殺などという姑息な真似からはほど遠い男だと思った」

「お買い被りでございます」

「買い被りなものか」

「いいえ、それがしなどは、ただただ己の身が可愛いだけの小心者の小役人でございます。我が身や、我が家族に害が及ぶとなれば、天下の安泰も、正義も、あったものではございませぬ」

「そういうところだ」

「…………」

「ぬけぬけとそういうことを言える男だからこそ、余はそちを信用することができる」

「まことに、信用していただけましたのかどうか……要するに越中守様は、村上大学の命を餌にして、それがしが黒幕を炙り出すことを望まれたのでございましょう」

「それは違うぞ、長州」

「では何故、はじめから、大学とその家族を、安全な場所へお移しになられなかったのです？　途中から移されるくらいなら、はじめから保護なされればよかったのです。それをなさらなかったのは、大学を餌にしたと思われても仕方ありませぬ」

「…………」

「一つ間違えば、大学とその家族は命を落としていたかもしれませぬ」

一方的に追いつめる正寔の言葉に、定信はさすがに苦渋を滲ませた。茶筅を捌く手が微かに震える。

「そうだな。最早、言い訳はすまい。大学を屋敷に留めおけば、敵は大学を狙うであろうと思った。それ故そちに、大学を護ってくれと頼んだが、いまとなっては、すべては言い訳にすぎぬ」

苦渋に満ちた表情で言いつつ、定信は、正寔の前に茶碗をおいた。

(このお人は……)

意外にも、人情家なのではないか。

若さ故の鼻持ちならない物言い故に、正寔も、この若者に対してかなり誤った印象を受けていたのかもしれない。

それ故、

「いえ、それがしはただ、大学を安全なところへ移すのなら、せめてそのとき、一言断ってからにしていただきたかった、と思うただけでございます」

ゆるい口調でお茶を濁してから、正寔は定信が点ててくれた茶をひと息に飲み干した。

「すまなかった」

意外にも、定信はあっさり詫びの言葉を口にした。

「いいえ、こちらこそ」

正寔は力なく首を振った。

「あのときは、急がねばならぬ理由があった故。…だが、そちは、儂の仕業とすぐに気づいた」

「すぐにではございませぬ。或いは、腹を切らねばならぬかとヒヤヒヤいたしました」

「心にもないことを――」

声を出さずに少し忍び笑ってから、

「左中将(さちゅうじょう)の狙いが、大学の命ではなく、大学が所持しているかもしれぬ書付だとわかったのでな。ことは一刻を争うと判断した」

定信はすぐ真顔に戻る。

「左中将様が、佐野政言に与えた書付でございますか」

「そうだ」

と答える代わりに、定信は傍(かたわ)らにあった菓子桶から、一つ、菓子を懐紙の上に取り、正寔に与えた。

「《松風(まつかぜ)》じゃ」

（今日は菓子を食わしてくれるのか）

と、手に取った菓子に、正寔はまじまじと視線を注ぐ。

（なんだ。かすていらではないか）

正寔が思った瞬間、

「京の芳春堂(ほうしゅんどう)で修行してきた職人が、先頃日本橋に店を出したのだが。……食べてみよ、本家と殆ど変わらぬ味じゃぞ」

（と言われても、肝心の本家の味を知らんわ）

心中舌を出しつつ口に運ぶが、一口食べてみて、

（おや――）

正寔は小さく驚いた。

見た目は、焼きすぎたカステラのようだが、味も食感も、まるきり別物である。長崎名物のカステラは、ふわりとした食感の西洋の焼き菓子だが、《松風》は、ずっしりと重みのある味わいで、その甘みも、玉子や牛乳を用いた洋菓子のものではなく完全に和菓子の甘みだ。

（白味噌が使われているな。京菓子らしい）

思いながら、正寔は瞬く間に平らげた。

茶席ではお馴染みの菓子だが、生憎(あいにく)これまで茶の湯に縁のなかった正寔には食する機会がなかった。

（ふうん。さすがは千年の王城、奥が深いわ）

同じ遠国奉行でも、京都町奉行は、なかなかに味わい深そうな役職である。

「ともあれ、大儀であった。そちのおかげで、左中将の企みがすべて明らかとなった」

正寔がなにを思っているか夢にも知らぬ定信は、更に心のこもった言葉で彼を労(ねぎら)った。手放しで労われるのは、だが正寔には少々後ろめたい。

　ときは過ぎ、いまは既に霜月(しもつき)も末だ。

左中将こと、井伊直幸は、つい先日、大老の職を得た。

「しかし、左中将様は、大老の職に就いてしまわれました」

「ふん、そのことか」

　定信は、意外にも鼻先でせせら笑った。

「愚かなことだ」

「え？」

「大老など、なにほどのことがあろう」

　定信は傲然と言い放つ。

「なれど、幕府の最高職でありまするぞ」

「ならば訊くが、これまで、井伊、酒井(さかい)、土井(どい)、堀田(ほった)の四家が、一度でも、天下を大きく変えてきたことがあったか?」

「……………」

正寔は答えなかった。

井伊・酒井・土井・堀田の四家とは即ち、これまで、幕府の臨時職である「大老」を輩出してきた家柄である。

「大老は、あくまで非常時における最高職じゃ。それ故、平素の政（まつりごと）については、なんの決定権ももたぬ。あくまで、非常の際に限って力をふるえる。非常事態が起こらねば、ただの名誉職でしかない」

と定信は言い切った。

「それ故、あの者が大老職に就いたとて、なんの心配もないのじゃ」

「左様でございまするか」

「幕府を動かすのは、あくまで老中筆頭じゃ。大老ではない」

力強く主張する定信の顔を、正寔はぼんやり見つめていたが、ふと思い出し、

「それで、書付は、本当にあったのでございますか?」

恐る恐る、定信に問うた。

「あった」

意外にも、定信はあっさりと認めた。

「あの者が、どういう方法で佐野政言を威し、意のままに操ったのか、それはわからぬ」

「佐野は一昨年、病を患った母のため、出入りの札差しに多額の借金をしたそうです。或いは、その借財を理由に脅されたのかもしれませぬ」

「なるほど。…しかし、佐野政言も、それほど愚かではなかった。…事を起こすに当たって、あの者に一筆書かせたのだ」

「その書付には、なんと書かれていたのです？」

「己が大老となった暁には、それなりの地位を約束する、という意味のことが書かれていた」

「その書付を――」

「燃やした」

「え？」

「苟も、天下の大老たる者がそのような文書を残したと世間に知られるわけにはいかぬ。敵であれ味方であれ。……幕府の権威が失墜する」

「………」

「不満か？」

「いえ」

「不満であろうな。だが、それが政(まつりごと)なのじゃ」

小賢(こざか)しいその言い草は、本来正寔が最も嫌うものだった。だが、さほど怒りが湧かなかったのは、そのときの定信が、あまりに真摯な顔つきをしていたためだろう。

「のう、長州――」

「はい？」

「そちは余を信用しておらぬ」

「………」

「否定せぬな」

「いえ、決してそのような……」

「言い繕(つくろ)わずともよい。それが、柘植長門守正寔という男だ」

「………」

「信用はしておらずとも、そちの目から見て、この越中守は、さほど悪い人間でもあるまい」

え？　という目をして、正寔は定信を見返した。

「それ故そちは、余のために働いてくれたのであろう」

「それがしは別に、そんなつもりはございませぬ」

慌てて、言い継ぐ。

「村上大学の命を守れ、と命じられたから、従ったまででござる。越中守様の御為に働いたつもりは、さらさらございませぬ」

「ふん、相変わらず、可愛げのない物言いだな」

定信は僅かに眉を顰めたが、

「だがそちは、結局左中将の膨荷を邪魔してくれた」

すぐに口許(くちもと)を弛めて言った。

「あれは……」

正寔は少し考え、

「あれは、供養のようなものでございます」

「供養？」

「とるに足らぬ野望のために、可惜(あたら)若い命を奪われた、田沼意知と佐野政言の供養でございます」

「とるに足らぬ、野望か？」

「人の命に代えられる望みなど、あってはなりませぬ」

迷わず答える正寔を、束の間眩しそうに細めた目で見つめてから、定信は、

「もう一服、どうじゃ？」

茶碗を手に取りつつ、問うた。

「頂戴いたします」

反射的に応えてしまったことを、だが、すぐに正寔は後悔した。

八代将軍の御孫様が点ててくれた茶を喫し、茶菓子も食した。生まれてはじめての京菓子を食べることができて、正寔にとっては有意義な時間だった。

亭主との話も、概ね終わった。あとは、黙って退出するだけだったのに。

「まあ、ゆるりとしてゆくがよい」

まるで、正寔の内心の焦りを読み取ったかのように楽しげに言いつつ、ゆっくりと茶釜の蓋をとる定信の横顔を、正寔は茫然と見つめていた。

（二杯目を呑んだら、すぐに三杯目が出てくるぞ）

それは、恐怖に近い気持ちであった。

※

「殿様？」

「ん？」

呼びかけられて、正寔はつと我に返った。いまのいままで、考え事をしていたのだ。

「もう、ほどよい頃合いかと」

言いざま絹栄は鍋の蓋をとった。

その途端、旨味を孕んだ湯気が正寔の鼻腔を刺激する。

「おお、そうじゃ」

絹栄に促され、正寔は鍋の具に箸を延ばした。

煮えているのは、旬の牡蠣鍋である。具材は、牡蠣、豆腐、椎茸、葱。

正寔は迷わず、葱に手を伸ばす。これほど、食べ頃の見極めが難しい食材も滅多にない。煮過ぎればグズグズになって、即ち食べられたものではない。

斜に切られた葱とともに、その隣にある牡蠣を摘み、手にした呑水の中に一旦入れる。呑水の中には、辛みのきいた紅葉おろしが待機している。そこへ、葱と牡蠣とを一緒に入れる。入れると共に、口に含んだ。

（おお……）

美味い。

それを追うように、慌てて酒を飲む。

絹栄は、嬉しそうにそんな正寔を見つめた挙げ句、

「如何でございます？」

と問い、

「うん。美味じゃ」

満面の笑みで正寔は応えた。

絹栄にとって、至福の瞬間だ。夫が、目の前で、料理の味を賞賛してくれる。

その上、

「そなたも、食べてみよ、絹栄。いまが食べごろぞ」

と勧めてくれる。

「はい」

言われるままに、絹栄は鍋に箸をのばした。

通常、武家の妻が、夫と一つの鍋をつつくなどということはあり得ない。もとより

絹栄も、そう教えられて育ったが、柘植家に嫁いでからは、些か勝手が違ってしまった。即ち、

「折角の料理を、最も美味く食せるときに食さねば、勿体ないではないか」

という正寔の言葉に、衝撃を受けた。

嫁いだ当初から、正寔は、給仕などしなくてよいから、一緒に食べよう、と言ってくれた。勿論、嫁いだ当初は戸惑ったが、

「よいから、一口食べてみよ」

と正寔に命じられ、ついつられて口に入れた瞬間の驚きとときめきが、絹栄にはいまも忘れられない。

「美味いものは、最も美味く食せるときに食するのだ。でなければ、他の命をいただいているのが、申し訳ないではないか」

そのとおりだと、絹栄は思った。

夫のために、魚をさばき、ときには獣肉でも料理する。その度、命を屠(ほふ)るというつらい思いを味わってきた。

「せめて、最も美味いときに食することが功徳というものじゃ」

「はい」

絹栄は言われるまま、箸をつけた。

「酒も、呑むがよい」

「はい」

注がれるままに、絹栄は飲み干した。

「どうだ？」

「美味しゅうございます」

飲んでも飲んでも、少しも酔わない。絹栄は驚くほどの蟒蛇だった。

「ところで、殿様？」

「ん？」

「先日、友直殿から伺いました」

「なにをじゃ？」

「丸山のことでございます」

満面の笑みで絹栄は言うが、その途端、正寔の全身からはサーッ、と血の気がひいた。

「殿様、お顔の色が悪うございますよ」

「そんなことはない」

平静を装いながら、無論正宴はこの上もなく動揺していた。できればいますぐ、妻の前から逃げ出したい、と思うほどに。

二見時代小説文庫

隠密奉行 柘植長門守 松平定信の懐刀

著者 藤 水名子

発行所 株式会社 二見書房
東京都千代田区三崎町二－一八－一一
電話 〇三－三五一五－二三一一［営業］
〇三－三五一五－二三一三［編集］
振替 〇〇一七〇－四－二六三九

印刷 株式会社 堀内印刷所
製本 株式会社 村上製本所

落丁・乱丁本はお取り替えいたします。
定価は、カバーに表示してあります。

©M. Fuji 2016, Printed in Japan. ISBN978－4－576－16164－8
http://www.futami.co.jp/

二見時代小説文庫

闇公方(やみくぼう)の影　旗本三兄弟 事件帖1
藤水名子［著］

幼くして父を亡くし、母に厳しく育てられた、徒目付組頭の長男・太一郎、用心棒の次男・黎二郎、学問所に通う三男・順三郎。三兄弟が父の死の謎をめぐる悪に挑む！

徒目付(かちめつけ) 密命　旗本三兄弟 事件帖2
藤水名子［著］

徒目付組頭としての長男太一郎の初仕事は、若年寄からの密命！旗本相手の贋作詐欺が横行し、太一郎は、敵をあぶりだそうとするが、逆に襲われてしまい……。

六十万石の罠　旗本三兄弟 事件3
藤水名子［著］

尾行していた吟味役の死に、犯人として追われる太一郎。何者が何故、徒目付を嵌めようとするのか!? お役目一筋が裏目の闇に見えぬ敵を両断できるか！第3弾！

与力・仏(ほとけ)の重蔵　情けの剣
藤水名子［著］

続いて見つかった惨殺死体の身元はかつての盗賊一味だった。鬼より怖い凄腕与力がなぜ〝仏〟と呼ばれる？男の生き様の極北、時代小説に新たなヒーロー登場！

密偵がいる　与力・仏の重蔵2
藤水名子［著］

相次ぐ町娘の突然の失踪…かどわかしか駆け落ちか？手がかりもなく、手詰まりに焦る重蔵の乾坤一擲の勝負の一手！〝仏〟と呼ばれる与力の、悪を決して許さぬ戦い！

奉行闇討ち　与力・仏の重蔵3
藤水名子［著］

腕利きの用心棒たちと頑丈な錠前にもかかわらず、千両箱を盗み出す〝霞小僧〟にさすがの〝仏〟の重蔵もなす術がなかった。そんな折、町奉行矢部定謙が刺客に襲われ…

修羅（しゅら）の剣　与力・仏の重蔵4
藤水名子［著］

江戸で夜鷹殺しが続く中、重蔵は密偵を囮に下手人を挙げるのだが、その裏にはある陰謀が！　闇に蠢く悪の所業を、心を明かさぬ仏の重蔵の剣が両断する！

鬼神の微笑　与力・仏の重蔵5
藤水名子［著］

大店の主が殺される事件が続く中、戸部重蔵の前に火盗の密偵だと名乗る色気たっぷりの年増女が現れる。商家の主殺しと女密偵の謎を、重蔵は解けるのか⁉

枕橋の御前　女剣士 美涼1
藤水名子［著］

島帰りの男を破落戸から救った男装の美剣士・美涼と剣の師であり養父でもある隼人正を襲う、見えない敵の正体は？　小説すばる新人賞受賞作家の新シリーズ！

姫君ご乱行　女剣士 美涼2
藤水名子［著］

三十年前に獄門になったはずの盗賊と同じ通り名の強盗が出没。そこに見え隠れする将軍家ご息女・佳姫の影。隼人正と美涼の正義の剣が時を超えて悪を討つ！

地獄耳1　奥祐筆秘聞
和久田正明［著］

飛脚屋の居候は奥祐筆組頭・鳥丸菊次郎の世を忍ぶ仮の姿だった。御家断絶必定の密書を巡る謎の仕掛人の真の目的は？　菊次郎と〝地獄耳〟の仲間たちが悪を討つ！

人生の一椀　小料理のどか屋 人情帖1
倉阪鬼一郎［著］

もう武士に未練はない。一介の料理人として生きる。一椀、一膳が人のさだめを変えることもある。剣を包丁に持ち替えた市井の料理人の心意気、新シリーズ！

二見時代小説文庫

倖せの一膳 小料理のどか屋 人情帖2
倉阪鬼一郎［著］
元は武家だが、わけあって刀を捨て、包丁に持ち替えた時吉の「のどか屋」に持ちこまれた難題とは…。心をほっこり暖める時吉とおちよの小料理。感動の第2弾！

結び豆腐 小料理のどか屋 人情帖3
倉阪鬼一郎［著］
天下一品の味を誇る長屋の豆腐屋の主が病で倒れた。このままでは店は潰れる…。のどか屋の時吉と常連客は起死回生の策で立ち上がる。表題作の他に三編を収録

手毬寿司 小料理のどか屋 人情帖4
倉阪鬼一郎［著］
江戸の町に強風が吹き荒れるなか上がった火の手。店を失った時吉とおちよは無料炊き出し屋台を引いて復興への一歩を踏み出した。苦しいときこそ人の情が心にしみる！

雪花菜飯（きらずめし） 小料理のどか屋 人情帖5
倉阪鬼一郎［著］
大火の後、神田岩本町に新たな小料理の店を開くことができた時吉とおちよ。だが同じ町内にけれん料理の黄金屋金多が店開きし、意趣返しに「のどか屋」を潰しにかかり…

面影汁 小料理のどか屋 人情帖6
倉阪鬼一郎［著］
江戸城の将軍家斉から出張料理の依頼！ 隠密・安東満三郎の案内で時吉は江戸城へ。家斉公には喜ばれたものの、知ってはならぬ秘密の会話を耳にしてしまった故に…

命のたれ 小料理のどか屋 人情帖7
倉阪鬼一郎［著］
とうてい信じられない、世にも不思議な異変が起きてしまった！ 思わず胸があつくなる！ 時を超えて伝えられる命のたれの秘密とは？ 感動の人気シリーズ第7弾

二見時代小説文庫

夢のれん　小料理のどか屋 人情帖8
倉阪鬼一郎［著］

大火で両親と店を失った若者が時吉の弟子に。皆の暖かい励ましで「初心の屋台」で街に出たが、謎の事件に巻きこまれた！　団子と包玉子を求める剣呑な侍の正体は？

味の船　小料理のどか屋 人情帖9
倉阪鬼一郎［著］

もと侍の料理人時吉のもとに同郷の藩士が顔を見せて、相談事があるという。遠い国許で闘病中の藩主に、もう一度、江戸の料理を食していただきたいというのだが。

希望粥（のぞみ）　小料理のどか屋 人情帖10
倉阪鬼一郎［著］

神田多町の大火で焼け出された人々に、時吉とおちよの救け屋台が温かい椀を出していた。折しも江戸では男児ばかりが行方不明になるという奇妙な事件が連続しており…。

心あかり　小料理のどか屋 人情帖11
倉阪鬼一郎［著］

「のどか屋」に、凄腕の料理人が舞い込んだ。二十年前に修行の旅に出たが、残してきた愛娘と恋女房への想いは深まるばかり。今さら会えぬと強がりを言っていたのだが…。

江戸は負けず　小料理のどか屋 人情帖12
倉阪鬼一郎［著］

昼飯の客で賑わう「のどか屋」に半鐘の音が飛び込んできた。火は近い。小さな倅を背負い、女房と風下へ逃げ出した時吉。…と、火の粉が舞う道の端から赤子の泣き声が！

ほっこり宿　小料理のどか屋 人情帖13
倉阪鬼一郎［著］

大火で焼失したのどか屋は、さまざまな人の助けも得て旅籠付きの小料理屋として再開することになった。「ほっこり宿」と評判の宿に、今日も訳ありの家族客が…。

二見時代小説文庫

江戸前祝い膳　小料理のどか屋 人情帖14

倉阪鬼一郎［著］

十四歳の娘を連れた両親が宿をとった。娘は兄の形見の絵筆を胸に、根岸の老絵師の弟子になりたいと願うが。同じ日、上州から船大工を名乗る五人組が投宿して…。

ここで生きる　小料理のどか屋 人情帖15

倉阪鬼一郎［著］

のどか屋に網元船宿の跡取りが修業にやって来た。その由吉、腕はそこそこだが魚の目が怖くてさばけないという。ある日由吉が書置きを残して消えてしまい…。

天保つむぎ糸　小料理のどか屋 人情帖16

倉阪鬼一郎［著］

桜の季節、時吉は野田の醤油醸造元から招かれ、息子千吉を連れて出張料理に出かけた。その折、足を延ばした結城で店からいい香りが…。そこにはもう一つのどか屋が⁉

ほまれの指　小料理のどか屋 人情帖17

倉阪鬼一郎［著］

のどか屋を手伝うおしんは、出奔中の父を見かけた。父は浮世絵版木彫りの名人だったが、故あって家を捨てていた。死んだおしんの弟の遺した鉋(かんな)を懐にした父は……。

走れ、千吉　小料理のどか屋 人情帖18

倉阪鬼一郎［著］

のどか屋に素人落語家の元松が宿をとった。夜ふけに元松は思い詰めた顔で大川に向かった。気づいたのどか屋の一人息子千吉は不自由な左足で必死に後を追うが…。

火の玉同心 極楽始末　木魚の駆け落ち

聖龍人［著］

駒桜丈太郎は父から定町廻り同心を継いだ初出仕の日、奇妙な事件に巻き込まれた。辻売り絵草紙屋「おろち屋」、御用聞き利助の手を借り、十九歳の同心が育ってゆく!